जैन धर्म की कहानियाँ

ध्रुव कुमार

विद्या विहार, नई दिल्ली

प्रकाशक : **विद्या विहार**
19, संत विहार (पहली मंजिल) गली नं. 2, अंसारी रोड, नई दिल्ली–110002
 / संस्करण : 2025 / मूल्य : चार सौ रुपए
मुद्रक : नरुला प्रिंटर्स, दिल्ली ISBN 978-93-80186-09-2

JAIN DHARMA KI KAHANIYAN
by Shri Dhruva Kumar ₹ 400.00
Published by **VIDYA VIHAR**
19, Sant Vihar (First Floor), Street No.2, Ansari Road, New Delhi-2

प्रस्तावना

जैन संस्कृति बड़ी प्राचीन है। यह स्वयं में इतनी व्यापक, मौलिक तथा चिंतनपरक है कि इसे किसी विशिष्ट संस्कृति की परिधि में आवद्ध करना युक्तिसंगत प्रतीत नहीं होता। अलबत्ता जैन धर्म और संस्कृति ने विश्व की अनेक संस्कृतियों को किसी-न-किसी रूप में प्रभावित किया है। वेदों के अध्ययन से प्रमाणित होता है कि जैन तीर्थंकरों का इनमें (वेदों में) उल्लेख हुआ है और जैन संस्कृति भी किसी-न-किसी रूप में चित्रित हुई है। भारतीय दर्शन (Indian Philosophy Vol. 1, P. 287) में डॉ. राधाकृष्णन लिखते हैं— ''जैन परंपरा ऋषभदेव से अपने धर्म की उत्पत्ति होने का कथन करती है, जो बहुत सी शताब्दियों पूर्व हुए हैं। इस बात के प्रमाण पाए जाते हैं कि ईस्वी पूर्व प्रथम शताब्दी में प्रथम तीर्थंकर ऋषभदेव की पूजा होती थी। इसमें कोई संदेह नहीं है कि जैनधर्म, वर्धमान ओर पार्श्वनाथ से भी पहले प्रयासरत था। यजुर्वेद में ऋषभदेव, अजितनाथ और अरिष्टनेमि इन तीन तीर्थंकरों के नामों का निर्देश है।''

कहानी साहित्य की एक प्रमुख विधा है, जिसे सबसे अधिक लोकप्रियता प्राप्त हुई है। हमारे प्राचीनतम साहित्य में कथा के तत्त्व जीवित हैं। ॠग्वेद में, जो संसार का सर्वप्रथम उपलब्ध ग्रंथ है, स्तुतियों के रूप में कहानी के मूल तत्त्व पाए जाते हैं। ॠग्वेद के मंत्र एक सूक्त 24/25, मंत्र 30 (दोनों में मिलाकर) में ऋषि शुनः शेष का वह प्रसिद्ध आख्यान है, जिसमें उन्होंने वरुण की प्रार्थना की है, उदाहरण के रूप में लिया जा सकता है। विश्व के सर्वोत्कृष्ट

काव्य की जननी कहानी ही है। कथा के प्रति मानवमात्र का सहज आकर्षण है। फलतः जीवन का कोई भी ऐसा क्षेत्र नहीं है, जिसमें कहानी की मधुरिया अभिव्यंजित न हुई हो। साफ तो यह है कि मानव अपने जन्म के साथ कथा को लाया है और वह अपनी जिंदगी को कहानी कहता हुआ समाप्त करता है। कहने और सुनने की उत्कंठा सार्वभौम है।

जैन कथा साहित्य के कथानक बड़े ही मर्मस्पर्शी हैं और साथ-ही-साथ व्यापक हैं। जीवन के शाश्वत तत्त्वों का इसमें निरूपण हुआ है तथा पात्रों का चरित्र स्वाभाविक रूप में होने के कारण सर्वग्राह्य बन गया है। जैन कहानियों में तीर्थंकरों, श्रमणों एवं श्लाकापुरुषों की जीवनगाथाएँ मुख्य हैं, जिनमें धर्म के सिद्धांतों का स्पष्टीकरण होता चलता है।

इस पुस्तक में शामिल जैन कहानियों में कथोपकथन के माध्यम से केवल मनोविनोद ही नहीं होता, बल्कि उनमें जीवन की सरस अनुभूतियों के साथ संस्कृति, सभ्यता, दर्शन तथा धर्म की व्याख्या भी मिलती है।

जैन कथा साहित्य की लोकप्रियता का सबसे प्रबल प्रमाण यह है कि आज से दो-ढाई हजार वर्ष पूर्व जैन कथाकारों ने जिन कहानियों का प्रणयन किया, वे आज भी लोक कथाओं के रूप में देश के विभिन्न हिस्सों में प्रचलित हैं। जैन आगमों में राजा श्रेणिक के पुत्र अभय कुमार के बुद्धिचातुर्य की जो कथा है, वह अपने उसी रूप में हरियाणा के लोक-साहित्य में 'अढाई द्वेत' की कथा के नाम से प्रसिद्ध है और दक्षिण के जैमिनी स्टूडियो ने इस कथा के आधार पर 'मंगला' चित्रपट का निर्माण किया।

जैन कथा साहित्य न केवल भारतीय कथा साहित्य का जनक रहा है, अपितु संपूर्ण विश्व कथा साहित्य को उसने प्रेरणा दी है। भारत की सीमाओं को लाँघकर जैन कथाएँ अरब, चीन, लंका, यूरोप आदि देश-देशांतरों में पहुँची हैं और अपने मूल स्थान की भाँति वहाँ भी लोकप्रिय हुई हैं। यूरोप में प्रचलित अनेक कथाएँ जैन कथाओं से अद्‌भुत साम्य रखती हैं। उदाहरण के लिए, नायाधम्म कथा, चावल के पाँच दाने की कथा कुछ बदले हुए रूप में ईसाइयों के धर्मग्रंथ 'बाइबिल' में प्राप्त होती है। प्रसिद्ध यूरोपीय विद्वान् ट्वानी ने कथाकोष की भूमिका में स्पष्ट कर दिया है कि विश्व कथाओं का

मूल स्रोत जैनों का कथा साहित्य ही है, क्योंकि जैन कथा कोष की कहानियाँ और यूरोप की कहानियों में पर्याप्त समानता है तथा यह भी निश्चित है कि ये सब की सब कहानियाँ जैन कथा साहित्य से उधार ली गई हैं। ट्वानी ने अनेक उदाहरणों द्वारा इस बात को सिद्ध किया है।

प्रसिद्ध यूरोपीय विद्वान् प्रोफेसर जैकोकी ने अपनी 'परिशिष्ट पर्व' की भूमिका में एक स्त्री और उसके प्रेमी की एक जैन कथा को उद्धृत किया है। आश्चर्य की बात है कि यही कहानी ज्यों-की-त्यों चीन के लोक साहित्य में प्रचलित है और फ्रांस में भी कुछ रूपांतर के साथ लोकप्रिय है। 'अलिफ लैला' की कहानियों का मूल आधार भी जैन कथा साहित्य है। यह बात कुछ आश्चर्यजनक सी प्रतीत होती हुई भी सत्य है। 'अलिफ लैला' में एक वजीर की लड़की बादशाह की मलिका बनकर प्रति रात्रि एक कहानी सुनाकर अपने प्राण बचाती है। इसी प्रकार आश्वयक चूर्णि की कहानी 'चतुराई का मूल्य' है, जिसकी नायिका कनकमंजरी प्रति रात्रि एक कहानी सुनाने का लोभ अपने पति को, जो कि राजा है, छह महीने तक अपने पास रोके रहती है।

डॉ. ध्रव कुमार जैन साहित्य के गंभीर अहचेता हैं और इन्होंने जिन सत्ताईस कहानियों को इस पुस्तक में शामिल किया है, उन्हें कथानकों, पात्रों और उद्देश्यों के अनुसार चार भागों में विभक्त किया जा सकता है—धर्म संबंधी, अर्थ संबंधी, काम संबंधी और मोक्ष संबंधी कथाएँ। हालाँकि इन कहानियों का लक्ष्य जैन धर्म की महिमा को बताना तथा जैन धर्म प्रतिपादित आचार संहिता का प्रचार-प्रसार ही है। यह पुस्तक बच्चे-बड़े, जैन धर्म के अनुयायियों और जैनेतर स्त्री-पुरुषों—सबके लिए प्रेरणादायी साबित होगी।

—डॉ. ओ.पी. जायसवाल
सेवानिवृत्त प्रोफेसर
प्राचीन भारतीय इतिहास एवं पुरातत्त्व
पटना विश्वविद्यालय, पटना

आमुख

अपना देश कितने ही धर्मों, विचारधाराओं और संस्कृतियों का संगम है। सहिष्णुता का उद्घोष यहाँ के वायुमंडल में अति प्राचीनकाल से निनादित होता रहा है। कुल मिलाकर धर्म का उद्देश्य यहाँ जीवन को सुखद और कल्याणकारी बनाने का रहा है। जैन धर्म एक धार्मिक मत ही नहीं बल्कि एक संपूर्ण सामाजिक जीवन-दर्शन है, जिसका व्यापक और गहरा प्रभाव भारतीय जनमानस और यहाँ की संस्कृति पर परिलक्षित होता है। सामाजिकता का स्वरूप ग्रहण करने के कारण जैन धर्म के आदर्श पुरुषों के साथ अनेक किंवदंतियाँ जुड़ने लगीं। यह तय कर पाना मुश्किल है कि इन किंवदंतियों में सत्य का कितना अंश है। यह भी सत्य है कि जीवन-निर्माण के लिए सुंदर, प्रेरणाप्रद कथा-साहित्य की उपयोगिता सुनिश्चित है। प्रेरक साहित्य के माध्यम से हमारे जीवन में संस्कार पनपते हैं और हम इससे प्रेरित भी होते हैं। जैन साहित्य का कथा भाग बहुत ही समृद्ध और विशाल है। हजारों विषयों पर सैकड़ों प्रकार के कथानक, जीवन-चरित्र, घटनाएँ और रूपक विद्यमान हैं। आचार्यों ने आम लोगों को सुलभ और बोधगम्य बनाने के लिए विविध कथा-चरित्रों का प्रणयन और संकलन करके जैन साहित्य को ही नहीं बल्कि भारतीय साहित्य को भी बहुत समृद्ध बनाया है। जैन वाङ्मय में कथा-साहित्य का महत्त्वपूर्ण स्थान रहा है। सैद्धांतिक एवं दार्शनिक गूढ़ रहस्यों को सहज रूप से जन-जीवन में उतारने के लिए कथा युग-युग से सर्वश्रेष्ठ

माध्यम रहा है। भगवान् महावीर, तथागत बुद्ध और अन्य महापुरुषों ने सर्वसाधारण को दार्शनिक शैली में नहीं बल्कि कथा-कहानी और रूपकों की सीधी-सादी शैली में ही गूढ़ रहस्यों को समझाया था। जैन कथा-साहित्य, आगम, भाष्य, निर्युक्ति एवं संस्कृत टीका ग्रंथों में कथाओं की प्रचुरता है। इसके अतिरिक्त संस्कृत एवं प्राकृत में कथा-ग्रंथ भी बहुत बड़ी संख्या में लिखे गए हैं। कथासरित्सागर, जातक और वसुदेवहिंडी इसके सर्वश्रेष्ठ उदाहरण हैं। जैन कथा-साहित्य में मात्र मनोरंजक कहानियाँ और कल्पित रूपकों का ही बाहुल्य नहीं है बल्कि ऐतिहासिक स्त्री-पुरुष के जीवन में घटित साहस, धैर्य, क्षमा, विवेक और त्याग आदि गुणों का अभिव्यंजन करनेवाली हजारों यथार्थ घटनाएँ रोचक और आकर्षक ढंग से उपलब्ध हैं। इनसे जीवन-निर्माण की मौलिक प्रेरणाओं के साथ-साथ हमें बौद्धिक आनंद भी प्राप्त होता है।

प्रस्तुत पुस्तक में इसी प्रकार के कुछ ऐतिहासिक पुरुषों के जीवन की प्रसिद्ध घटनाओं के संकलन का प्रयास किया गया है। इस पुस्तक के निर्माण में जैन मर्मज्ञ डॉ. श्रीरंजन सूरिदेव, प्राचीन भारतीय इतिहास एवं पुरातत्त्व विभाग, पटना विश्वविद्यालय के सेवानिवृत्त प्रोफेसर डॉ. ओ.पी. जायसवाल और पाटलिपुत्र जैन टाइम्स के युवा संपादक श्री राजेश चौरसिया का योगदान विशेष उल्लेखनीय है। इनके सहयोग के बगैर यह पुस्तक शायद ही पूरी हो पाती।

इस पुस्तक की रचना के पीछे जैन धर्म और उसकी विशेषताओं का प्रचार-प्रसार ही मुख्य उद्देश्य है।

—ध्रुव कुमार

कथा-सूची

१. मांस का मूल्य ११

२. रूप १७

३. पर्युषण २५

४. सामयिक का मूल्य ३०

५. कठिन व्रत ३६

६. धर्म–नायक ४१

७. भाई–प्रेम ४७

८. संत के शब्द ५२

९. वैरागी ५६

१०. पापी ६०

११. सुख ६६

१२. अनोखा मंत्र ७०

१३. आराधना ७३

१४. दासी–पुत्र ७७

१५. अंतिम याचना ८५

१६. परीक्षा ९७

१७. अमृत जीता, विष हारा १०६

१८. जीवन–दृष्टि ११२

१९. लड़ाई ११६
२०. बिना विचारे जो करे १२१
२१. अधूरी जोड़ी १२५
२२. स्नेह के धागे १३१
२३. नाथ कौन? १३८
२४. त्याग का मूल्य १४४
२५. तेरहवाँ चक्रवर्ती १४८

मांस का मूल्य

एक बार मगध-नरेश श्रेणिक ने राजसभा में बैठे हुए सामंतों की ओर एक प्रश्न भरी दृष्टि डाली। सहसा सबके हाथ जुड़ गए और दृष्टि राजा के मुख पर उतरनेवाले भावों को समझने में उलझ गई। मगधेश ने प्रश्न किया, "राजगृह में अभी सबसे सस्ती और सुलभ खाद्य वस्तु क्या है, जिसे प्राप्त करके साधारण-से-साधारण मनुष्य भी अपनी क्षुधा को तृप्त कर सके?"

मगधेश के प्रश्न पर सामंत गंभीर हो गए। विचार के पर फड़फड़ाने लगे—अन्न सबके लिए सुलभ है, सस्ता भी है। पर''पर कहाँ सस्ता और सुलभ है वह? कृषक कितना कष्ट उठाकर धरती के गर्भ से एक-एक दाना बीनता है। खून-पसीना एक कर देता है थोड़े से अन्न के लिए। फिर भी, खेती तो बिलकुल निसर्ग पर निर्भर है। कभी अतिवृष्टि, कभी अनावृष्टि! कीट-पतंग रोग! कितने दुश्मन हैं उनके? अनेक दुर्दैवों से बचकर कुछ थोड़ा सा अन्न बेचारे किसान के हाथों में पहुँचता है। पसीने की जितनी बूँदें वह बहाता है, क्या उतने दाने भी प्राप्त कर सकता है? फिर सुलभ कैसे हुआ? अन्न क्रय करने के लिए भी धन चाहिए। अन्न से तो मांस सुलभ है। शिकार के लिए निकल गए जंगल में, एक बाण से दो-पाँच मृग, शशांक मार डाले कि बहुत सा मांस मिल जाता है। मृगया का आनंद भी और भोजन के लिए मांस भी! एक तीर से दो शिकार। भोजन का इससे सस्ता और सुलभ साधन और क्या हो सकता है? न प्रकृति की अधीनता, न कोई अधिक श्रम! मनुष्य

जब चाहे तब इसे प्राप्त कर सकता है।

मगधपति ने सामंतों को मौन देखकर अपना प्रश्न पुनः दुहराया। तभी एक सामंत ने अपने विचारों को स्पष्ट करते हुए कहा, ''महाराज, सबसे सस्ती चीज मांस है, जिसे मनुष्य जब चाहे तब सहज भाव से प्राप्त करके

अपना एवं अपने परिवार का गुजारा कर सकता है।''

मृगया के रसिक दूसरे सामंत ने भी सिर हिलाकर समर्थन किया, ''हाँ, महाराज! बिलकुल ठीक बात है। जंगल में पशु-पक्षियों की क्या कमी है! धनुष-बाण लिया और मार लाए दो-चार वन्य पशु या पक्षी। बन गया काम! न कुछ मेहनत, न कुछ खर्च-वर्च।''

कोई मृगया का रसिक था तो कोई मांसाहार का कीड़ा। एक-एक करके सभी सामंत प्रथम सामंत की बात का समर्थन करते चले गए।

मगधपति ने महामात्य अभय की ओर देखा। अभय कुमार गंभीर चिंतन की मुद्रा में, विचारों की गहराई में डूबे-डूबे चिबुक पर हाथ रखे बैठे थे। मगधेश के प्रश्न और सामंतों के उत्तर पर अभय कुमार का यह गंभीर मौन सभासदों के हृदयों को चंचल कर रहा था। अभय ने कहा, ''महाराज, प्रश्न इतना सरल नहीं कि तुरंत इसका उत्तर दे दिया जाए। मैं सोच-विचार के लिए आज की रात का अवकाश चाहता हूँ। कल प्रातःकाल हो सका तो श्रीचरणों में उत्तर उपस्थित कर दूँगा।''

सभा विसर्जित हो गई। मगधेश का प्रश्न अधूरा ही रह गया।

'मनुष्य का मन कितना विचित्र है! अपने प्राण उसे प्रिय हैं, पर दूसरे के प्राणों का कोई मूल्य नहीं उसके लिए! क्या दुर्बल और निरीह प्राणियों का जन्म मानव के मनोरंजन के लिए ही हुआ है? असंख्य स्वर्ण-मुद्राओं से भी अति दुर्लभ ये प्राणी क्या मृगयासक्त के एक बाण से भी अधिक सुलभ और सस्ते हैं? नहीं, यह तो अज्ञान है। जब तक अपने प्राणों के समान ही दूसरे के प्राणों का मूल्य नहीं समझा जाता, तब तक मनुष्य यों ही बहकता रहेगा। 'पर' के साथ 'स्व' की एक्यानुमति—यही तो करुणा का स्रोत है। जब तक हृदय में करुणा का उदय नहीं होता तब तक मनुष्य पराए दुःख और कष्ट की अनुभूति नहीं कर सकता।' अभय कुमार इन्हीं विचारों में डूबते-उतराते राजसभा से निकल गए। चिंतन में वह इतना गहरे उतर चुके थे कि उन्हें पता ही नहीं चला, कब वह महाराज को प्रणाम करके राजसभा से चले और अब अशोक-वाटिका में बैठे उन्हें कितना अधिक समय हो गया। अधिक समय क्या, अब

तो काफी रात हो गई है। अँधेरे की काली चादर संसार पर छा गई है। ऊपर नील गगन में कुछ तारे झिलमिला रहे हैं। और इधर सत्य के प्रकाश का प्रतिनिधित्व करते हुए महामात्य अकेले ही चले जा रहे हैं उसी सर्वप्रथम उत्तर देनेवाले सामंत के भवन की ओर।

"आइए महामात्यवर! कैसे कष्ट किया आने का?" सामंत ने अभय कुमार को गहराती रात के अँधेरे में आया देखा तो उसका मन आशंकाओं से भर गया। स्वर्ण-दीवट पर रखे दीपक के टिमटिमाते प्रकाश में अभय कुमार के चेहरे पर उभरी हुई गंभीर रेखाएँ साफ पढ़ी जा सकती थीं। अभय कुमार हाँफ रहे थे। उनकी कुछ भय और चिंता-मिश्रित भर्राई आवाज किसी महान् संकट की सूचना दे रही थी। महामंत्री ने अपने को सँभालते हुए कहा, "सामंत, मगधपति आकस्मिक भयंकर रोग के कारण मृत्यु-शय्या पर पड़े हैं। कोई उपचार, औषध काम नहीं कर रही है। वैद्यों का कहना है कि अगर किसी स्वस्थ व्यक्ति के हृदय का मांस मिल सके तो सम्राट् के प्राण बच सकते हैं, अन्यथा नहीं। सिर्फ दो तोला हृदय का मांस चाहिए, औषध के लिए। इसके बदले में तुम्हें जितनी भी लक्ष या कोटि स्वर्ण-मुद्रा चाहिए, सो माँग लो। अधिकार या पद चाहिए तो वह भी मिलेगा। जो चाहोगे वही मिलेगा, सिर्फ दो तोले मांस चाहिए! महाराज के जीवन-मरण का प्रश्न है। तुम्हारी स्वामीभक्ति कसौटी पर है आज।" अभय कुमार एक ही साँस में यह सब कह गया और फिर रुककर सामंत के चेहरे की ओर देखने लगा।

सामंत का चेहरा फक हो गया। 'हृदय का मांस?' जब प्राण ही नहीं रहेंगे तो यह धन, अधिकार किस काम आएगा? प्राणों के साथ धन का सौदा? सामंत ने अभय के चरणों में सिर रख दिया और गिड़गिड़ाते हुए कहा, "महामंत्री, कृपा करके मुझे जीवन-दान दे दीजिए। आप मेरी ओर से ये लाख स्वर्ण-मुद्राएँ ले जाइए और किसी ऐसे व्यक्ति के हृदय का मांस, जो लाख स्वर्ण-मुद्राएँ लेकर देता हो, कृपया ले लीजिए।"

अभय ने गहरी दृष्टि से सामंत के कातर नयनों पर झलकती जिजीविषा को देखा। जीवन कितना प्रिय होता है! मांस कितना महँगा है? क्यों, अब

कुछ समझे? —अभय होंठों में ही मुसकरा उठे। सामंत की बहुत अधिक आजिजी के बाद अभय कुमार ने लाख स्वर्ण-मुद्राएँ अपने महल में भिजवा दीं और वह आगे चल पड़ा।

सभा में जिन-जिन सामंतों ने इस सामंत की बात का समर्थन किया था, अभय उन सबके द्वार पर घूम आए।

दो तोला मांस के बदले वे लोग लाखों-करोड़ों स्वर्ण-मुद्राएँ देते गए और अपने प्राणों की भिक्षा माँगते गए। पर, कोई भी माँ का ऐसा लाल नहीं मिला, जो अपने हृदय का मांस देकर सम्राट् के प्राण बचाने को प्रस्तुत हो।

प्रात:काल नित्य कार्य से निवृत्त होकर महामंत्री अभय कुमार प्रश्न का उत्तर देने हँसते-मुसकराते राजसभा में उपस्थित हुए। रात-ही-रात समग्र नगर में चर्चा फैल गई थी कि कल प्रात: महामंत्री अपना उत्तर प्रस्तुत करेंगे—और बस, इसीलिए आज राजसभा में जन-समूह समा ही नहीं रहा था।

महाराज की आज्ञा पाकर अभय ने अपने प्रमुख सेवक को संकेत किया। कुछ ही देर में खनखनाती करोड़ों स्वर्ण-मुद्राओं का ढेर लग गया राजसभा में। मगधेश आश्चर्य से देख रहे थे। कुछ समझ में नहीं आ रहा था, क्या रहस्य है।

अभय कुमार सम्राट् के सम्मुख करबद्ध खड़े हुए। महाराज का अभिवादन करके उन्होंने सामंतों के शंकाकुल निष्प्रभ चेहरों पर एक दृष्टि डाली और निवेदन किया, ''महाराज, आपने पूछा था कि सबसे सस्ती चीज क्या है? हमारे वीर सामंतों ने उत्तर दिया था कि 'मांस!' मैं उन सब सामंतों के द्वार पर भटक आया, पर इन करोड़ों स्वर्ण-मुद्राओं के बदले दो तोले मांस कहीं नहीं मिल सका। फिर मांस सस्ता कैसे?'' अभय एक क्षण रुके, सामंतों के चेहरे म्लान हुए जा रहे थे। रात्रि की घटना बताते हुए अभय ने कहा, ''महाराज, दो तोले मांस का यह मूल्य हो सकता है तो जिनका सारा मांस निकाला जाता है, उनके प्राणों का क्या मूल्य होगा? असंख्य स्वर्ण-मुद्राएँ देकर क्या किसी के प्राण का मूल्य चुकाया जा सकता है? फिर यह कैसी बहक है कि मांस सस्ता है? हम अपने प्राण और अपने मांस का जो मूल्य आँकते हैं, वही मूल्य दूसरे

के प्राण और मांस का क्यों नहीं आँकते? जीवन का मूल्य अनंत है। मनुष्य सिर्फ अपनी रस-लोलुपता और विषयांधता के वश दूसरों के जीवन के साथ खिलवाड़ करता है और उसका कुछ भी मूल्य नहीं समझता है। जब वह दूसरे के मांस को अपने मांस से तौलेगा, तभी ठीक तरह से समझ सकेगा कि वास्तव में मांस का क्या मूल्य हो सकता है!"

सभा में सन्नाटा छा गया। सामंतों की आँखें झुकी जा रही थीं। विचारों में एक गहरी उथल-पुथल थी। महामंत्री के विवेक-युक्त विश्लेषण पर सब चकित थे। अभय कुमार ने सामंतों के साथ हुए रात्रिकालीन गुप्त वार्त्तालाप का विश्लेषण करते हुए बताया कि "एक मनुष्य ही क्या, प्राणिमात्र में जीने की इच्छा कितनी प्रबल होती है! कोई भी प्राणी अपनी मृत्यु नहीं चाहता।" फिर अपनी जिह्वा की लोलुपता के कारण मनुष्य किसी के प्राणों को लूटकर उन्हें सस्ता कैसे कह सकता है!

□

रूप

आषाढ़भूति की अवस्था अभी छोटी ही थी। शरीर कोमल था, पर बुद्धि में तीव्रता थी, स्वभाव में नटखटपन। मुनिव्रत ले लेने पर भी कभी-कभी बाल-सुलभ चंचलता उभर ही आती और शरारत करने को जी मचल उठता। यौवन के पदार्पण के साथ हृदय में वासना की लहर भी उठने लगी। यद्यपि उन्होंने ऐसा कोई कार्य नहीं किया जिससे वह संयम-भ्रष्ट कहे जाते, किंतु कभी-कभी मन को वश में रखना कठिन हो जाता। वह उस दशा में नहीं पहुँचे थे, जब विकार के शिकार उपस्थित होने पर भी मन विकृत नहीं होता। संयम में उत्साह था, किंतु कभी-कभी उदासीनता भी आ जाती।

अपने गुरु आचार्य धर्मरुचि के साथ विचरते हुए वह राजगृह आए। राजगृह मगध की राजधानी थी। विविध प्रकार के कलाकार, बड़े-बड़े व्यापारी तथा विद्वान् उसकी शोभा को बढ़ा रहे थे। वहीं नाट्याचार्य विश्वकर्मा अपनी मंडली के साथ रहते थे। अभिनय कला के लिए यह मंडली दूर-दूर तक प्रसिद्ध थी। विश्वकर्मा अभिनेता तथा अभिनेत्रियों के चुनाव तथा शिक्षण में बड़े पटु थे। उनकी दो कन्याएँ थीं—रंभा और शची। दोनों सुंदरी थीं और नृत्यकला में प्रवीण थीं।

आषाढ़भूति भिक्षा के लिए घूमते हुए आचार्य विश्वकर्मा के घर पहुँचे। भिक्षा में एक लड्डू मिला। बाहर आकर आषाढ़भूति ने सोचा—एक लड्डू से क्या होगा? यह तो आचार्य के हिस्से में आएगा। उनके बाद उपाध्याय का

नंबर है, फिर गणावच्छेदक का। तब कहीं मेरी बारी आएगी।' उसने काने का रूप बनाया। एक लड्डू और मिल गया। फिर कुबड़े का और फिर कोढ़ी का। दो लड्डू और मिल गए।

विश्वकर्मा ऊपर बैठे हुए आषाढ़भूति के रूप-परिवर्तन को देख रहे थे। उन्होंने सोचा—'यह साधु रूप बदलने में बड़ा कुशल है। यदि यह हमारी नाट्य-मंडली में सम्मिलित हो जाए तो धन बरसने लगेगा।'

वह नीचे उतरे। साधु को बड़े आदर के साथ घर में ले गए और लड्डुओं से पात्र भर दिया। दोनों कन्याएँ समीप ही खड़ी थीं। साधु की दृष्टि उन पर पड़ी और उनकी साधु पर।

आषाढ़भूति विश्वकर्मा के घर प्रायः आने लगे। कन्याओं से वार्त्तालाप भी होने लगा। विश्वकर्मा ने कोई आपत्ति नहीं की। उनकी तो एकमात्र इच्छा थी, आषाढ़भूति किसी प्रकार नाट्य मंडली में सम्मिलित हो जाएँ।

आषाढ़भूति खिंचे जा रहे थे। आत्मनियंत्रण शिथिल पड़ रहा था। बार-बार मन को समझाते। रात्रि को प्रतिज्ञा करके सोते कि अब कभी उधर नहीं जाऊँगा; किंतु दूसरे दिन भिक्षा का समय होते ही वह प्रतिज्ञा शिथिल पड़ जाती। पैर अपने आप उधर चल पड़ते। सौंदर्य का आकर्षण विवेक-बुद्धि को ग्रस लेना चाहता था। कई बार गुरु तथा अपने व्रत का ध्यान आया। पतन के भीषण परिणाम भी दिखाई दिए। वह रुकना चाहते थे, किंतु उसमें समर्थ न हो रहे थे। उनकी दशा उस व्यक्ति के समान थी, जो पहाड़ पर से गिर रहा है, सामने भीषण गर्त है, आँखें खुली हुई हैं। चाहता है रुक जाऊँ; किंतु रुक नहीं सकता। वह विष के प्याले को पी रहे थे। चाहते थे, न पिऊँ; किंतु उसे होंठों से अलग करने की शक्ति न थी। मनुष्य जब तक पैर जमाए खड़ा रहता है, अपने आप को नहीं फिसलने देता। किंतु जैसे ही एक पैर फिसला, फिर सँभलना असंभव नहीं तो कठिन अवश्य हो जाता है।

आषाढ़भूति फिसल चुके थे, नहीं सँभल सके। एक दिन कन्याओं ने विवाह का प्रस्ताव रखा। वह अस्वीकार न कर सके। धर्म और व्रत का ध्यान आया, गुरु के उपदेश याद आए; किंतु व्यर्थ सिद्ध हुए। यह बात नहीं थी कि

वह धर्म को व्यर्थ मानते हों। उसके प्रति रुचि अब भी वर्तमान थी। किंतु अपने को विवश अनुभव कर रहे थे और बलात् विपरीत दिशा में खिंचे जा रहे थे।

उपाश्रय में जाकर उन्होंने रजोहरण, वस्त्र, पात्र आदि साधु के चिह्न गुरु के चरणों में रख दिए और विदा होने की अनुमति माँगी। गुरु ने बहुत समझाया। वह चुपचाप सुनते रहे। अंत में कहा, "भगवन्, मुझे क्षमा कीजिए। मैं थका हुआ पथिक हूँ। छाया देखकर पैर भारी हो गए हैं। अब बिना विश्राम किए आगे न बढ़ सकूँगा। मैं प्रयत्न करूँगा कि यह विश्राम मेरी प्रगति को सदा के लिए न रोक दे। यह भी संभव है कि यह उसे द्विगुणित कर दे। नवीन उत्साह और नया बल प्राप्त करके मैं वर्षों के मार्ग को दिनों में पूरा कर लूँगा।"

गुरु से विदा लेकर आषाढ़भूति विश्वकर्मा के घर चले आए। दोनों कन्याओं से विवाह कर लिया। विलासिता में दिन कटने लगे; किंतु वासना उनके विवेक को पूरी तरह न ढहा सकी। कभी-कभी पुराने संस्कार जाग

उठते और वर्तमान जीवन फीका-सा मालूम पड़ने लगता। मर्यादा का बाँध सर्वथा न टूटा था। पत्नियों का आग्रह होने पर भी कभी मदिरापान नहीं किया, कभी मांस सेवन नहीं किया। जब गुरु का उपदेश याद आता तो आत्मग्लानि-सी होने लगती।

मानव-स्वभाव एक पहेली है। उसके लिए अप्राप्य वस्तु में जितना आकर्षण है उतना प्राप्य वस्तु में नहीं। अप्राप्ति की अवस्था में मनुष्य जिसके लिए सर्वस्व अर्पित करने को उद्यत रहता है, प्राप्त होने पर वही साधारण-सी बन जाती है। सारा आकर्षण, सारा सौंदर्य, सारा माधुर्य पता नहीं कहाँ विलुप्त हो जाता है! तो क्या ये सब बातें छलना हैं, मरु-मरीचिका हैं? किंतु प्रगति का बीज भी तो इन्हीं में सन्निहित है। यदि ये न हों तो मनुष्य जहाँ खड़ा है, वहीं रह जाए। यदि प्यासे हिरण को मरीचिका में जल का भान हो तो वह क्यों दौड़े? छलना तो वह उसके लिए है जो जल पीकर प्यास बुझाना चाहता है। जिसने प्यास से व्याकुल होकर दौड़ते रहने को ही अपना लक्ष्य बना लिया है, उसके लिए वह यथार्थ है। उसके लिए तो जलाशय ही छलना है।

आषाढ़भूति जिस समय मुनि थे, गार्हस्थ्य में आकर्षण प्रतीत होता था। अब विवाह कर लिया तो मुनिव्रत याद आता था। पता नहीं, मनुष्य ने वर्तमान अवस्था में संतुष्ट रहना क्यों नहीं सीखा? सतत अतृप्ति उसके स्वभाव में अंतर्निहित है। संतोष का उपदेश उस पर कृत्रिम आवरण भले ही डाल दे, किंतु वह स्थायी स्वभाव नहीं बनता। विश्वकर्मा मानव-स्वभाव के अच्छे पारखी थे। आषाढ़भूति की यह दुविधा उनसे छिपी न रही। उन्होंने कन्याओं को अच्छी तरह समझा दिया कि इनके साथ बरताव करने में बड़ी सावधानी की आवश्यकता है। कोई भी ऐसा प्रसंग नहीं आने देना चाहिए, जिससे इनकी विरक्ति बढ़ जाए। इनके सामने न तो कोई वीभत्स दृश्य आना चाहिए, जिससे इन्हें ग्लानि उत्पन्न हो और न कोई ऐसी उलझन उपस्थित होनी चाहिए, जिससे ये घबरा जाएँ। कन्याएँ पिता के आदेश का पूर्णतया पालन करने लगीं और प्रतिदिन इस प्रकार सचेष्ट रहने लगीं, जिससे आषाढ़भूति उत्तरोत्तर अधिक आकृष्ट होते जाएँ।

एक दिन राजगृह के तत्कालीन राजा सिंहरथ ने अभिनय देखने की इच्छा प्रकट की। सिंहरथ अधेड़ अवस्था के क्षत्रिय नरेश थे। वे शृंगार की अपेक्षा वीर और शांत रस को अधिक पसंद करते थे। और कथा-वस्तु स्त्री पात्रों से शून्य थी! उसी कथा-वस्तु के आधार पर नाटक रचकर अभिनय करना था।

विश्वकर्मा और आषाढ़भूति ने परिश्रम से नाटक तैयार किया। पात्रों को अभ्यास कराया और निश्चित तिथि पर संध्या समय राजदरबार में पहुँच गए।

शची और रंभा ने उसे छुट्टी का दिन समझा। सोचा, 'आज आषाढ़भूति अकेले गए हैं। राजदरबार में नाटक है। रात समाप्त होने से पहले क्या लौटेंगे! आज अपने मन की इच्छा पूर्ण कर ली जाए।' सो दोनों ने जी भरकर मदिरापान किया, मांस खाया। बहुत दिनों से मदिरापान की रुकी हुई लालसा को तृप्त किया। नशे में मतवाली होकर दोनों ऊपरवाले कमरे में सोती रहीं। न वस्त्रों की सुधबुध रही और न किसी से बात की।

उधर अचानक राजसभा में एक दूत आया और उसने शत्रु द्वारा किए आक्रमण की सूचना दी। राजा तथा सभी अमात्य चिंता में पड़ गए। नाटक का कार्यक्रम स्थगित कर दिया गया। सभी अभिनेता अपने-अपने घर चले गए। आषाढ़भूति सीधे ऊपरवाले कमरे में पहुँचे। दोनों बेसुध सो रही थीं। शरीर से वस्त्र हटे हुए थे। मुँह से झाग निकल रहा था। सारे कमरे में दुर्गंध फैल रही थी। वह नग्न रूप आषाढ़भूति को बहुत ही बुरा लगा। मन में आया, 'क्या अस्पष्टता का नाम ही सौंदर्य है? वही रूप जब वस्त्र और आभूषणों से आवृत्त होकर कुछ स्पष्ट और कुछ अस्पष्ट मेरे सामने आता था, कितना आकर्षक प्रतीत होता था, कितना मोहक था! वही अनावृत्त रूप में कैसा वीभत्स प्रतीत होता है। सौंदर्य का असली स्थान कहाँ है? ऐसा कौन सा तत्त्व है, जिससे सौंदर्य का स्रोत उद्‌भूत होता है और जिसके समीप पहुँचने पर अधिकाधिक तृप्ति और आनंद की अनुभूति होती है? जो चकाचौंध के कारण दूर से ही सुंदर प्रतीत होता है, वह तो मृग-मरीचिका है, गंधर्व नगर है। वास्तविक जलाशय तो ज्यों-ज्यों समीप जाओ, अधिकाधिक शक्ति प्रदान

करता है। अंदर प्रवेश करने पर तो और भी अधिक। जो समीप आने पर विराग और निराशा के रूप में परिणत हो जाए—वह मिथ्या है, भ्रम है, यथार्थ नहीं है। मैंने इस अयथार्थ के लिए कितने नाच नाचे, अपने को कितना गिराया। मैं इसके पीछे पागल हो गया।' उनका हृदय आत्मग्लानि से भर गया।

आषाढ़भूति को नींद नहीं आई। प्रातः होते ही उन्होंने जाने का विचार प्रकट किया।

विश्वकर्मा सदा सशंक रहते थे। आषाढ़भूति को उद्विग्न देखकर उन्होंने कन्याओं से सारा हाल पूछा और उनके प्रमाद के लिए उनकी भर्त्सना की तथा उसे किसी भी प्रकार मना लेने के लिए कहा। साथ में यह भी कह दिया कि यदि वह किसी प्रकार न माने तो उससे अपनी आजीविका का प्रबंध करने के लिए कहना।

कन्याओं ने सब तरह से प्रयत्न किया, हाव-भाव दिखाए, रूठीं, गिड़गिड़ाईं, उपभुक्त विषय-भोगों की स्मृति दिलाई, अपनी भूल पर पश्चात्ताप किया, क्षमा माँगी; किंतु आषाढ़भूति निश्चल रहे। अंत में कन्याओं ने आजीविका की बात छेड़ी। बोलीं, "हम दोनों आपकी विवाहिता स्त्रियाँ हैं। आपके चले जाने पर हमारा भरण-पोषण कौन करेगा? हमारी आजीविका के लिए भी तो कोई प्रबंध होना चाहिए।"

आषाढ़भूति अटक गए। उत्तरदायित्व को पूरा किए बिना आत्म-साधना अधूरी है। सो मन में अपने संकल्प को दृढ़ रखते हुए वह धन-संचय का उपाय सोचने लगे।

उन्होंने एक नाटक की रचना की। नाम रखा—'विदा'। प्रथम तीर्थंकर भगवान् ऋषभदेव के पुत्र चक्रवर्ती भरत राजसिंहासन पर बैठे। विजय-यात्रा की। छह खंडों पर राज्य स्थापित किया। चौदह रत्न तथा नौ निधियों के स्वामी बने। शीशमहल बनाया। राजसी वेश में सज-धजकर उसमें प्रवेश किया। एक अँगूठी नीचे गिर पड़ी। अँगुली की चमक जाती रही। वह निस्तेज और मलिन-सी दीखने लगी। यह क्या? क्या सारी शोभा अँगूठी की थी? इस

औपाधिक और अस्थायी सौंदर्य के लिए प्रफुल्लित होना अज्ञानता है। विचार के साथ-साथ वैराग्य भावना बढ़ती गई। दूसरे आभूषण उतारकर देखा। जिस अंग का आभूषण उतारा जाता, वही फीका पड़ जाता। मुकुट उतारकर देखा, सिर की शोभा न रही। हीरे के हार उतारे, छाती निस्तेज हो गई। वैराग्य भावना उत्कट होती गई। अस्थायी वस्तुओं का मोह दूर हो गया। वहीं आत्म-साक्षात्कार हो गया। वह घर-बार छोड़कर चले पड़े, साथ में पाँच सौ राजकुमार दीक्षित हो गए।

इसी कथा-वस्तु पर आषाढ़भूति ने सुंदर नाटक रचा। योग्य पात्रों का चुनाव करके उचित शिक्षा दी। रंगमंच तैयार किया गया। अभिनय की तिथि निश्चित हो गई।

अभिनेता के रूप में आषाढ़भूति की ख्याति दूर-दूर तक फैली हुई थी। वह उसका अंतिम नाटक था। लंबे समय से तैयारियाँ हो रही थीं। देखने के लिए बड़े-बड़े राजा तथा सेठ आए। सभास्थान खचाखच भर गया।

आषाढ़भूति स्वयं नायक था। भरत का अभिनय वही कर रहा था। लोग देख-देखकर चकित हो रहे थे। पारितोषिक के रूप में आभूषण तथा मुहरों की वर्षा हो रही थी।

अंतिम दृश्य आया। शीशमहल के परदे खींचे गए। चक्रवर्ती भरत के रूप में आषाढ़भूति का प्रवेश हुआ। चारों ओर विशाल दर्पण थे। दिव्य वेशभूषा के कारण सारा मंच जगमगा उठा। राजकीय ऐश्वर्य और प्रभुत्व के अभिमान से भरे हुए भरत नपे-तुले कदमों के साथ घूमने लगे। अपना दिव्य प्रतिबिंब देखकर वह बार-बार प्रफुल्लित हो उठते।

इतने में अँगूठी गिरी। अँगुली निस्तेज हो गई।

"यह क्या! क्या सारा सौंदर्य इसी का था?" भरत ने आश्चर्य और व्याकुलता के साथ कहा।

क्रमशः दूसरे आभूषण उतारे। अंग फीके पड़ते गए। सारा शरीर निष्प्रभ होता गया। मुकुट भी उतार दिया। ललाट का तेज समाप्त हो गया।

भरत ने कहा, "यह क्या! मैं जिस चकाचौंध पर प्रसन्न हो रहा था,

वह क्षण भर में विलुप्त हो गई। क्या मैं इसी पर मुग्ध था? मुकुट उतारते ही सारा तेज चला गया। क्या सारा तेज इसी मुकुट का है? मेरा अपना कुछ नहीं है? यह वेशभूषा तो अस्थायी है, कृत्रिम है। यह मुझे सदा सुंदर नहीं रख सकती। भौतिक वस्तुएँ कितनी परिवर्तनशील हैं! पल भर में कुछ-का-कुछ हो गया। सारा संसार अनित्य है। हाथी, घोड़े तथा रथ सभी अनित्य हैं। अंत समय में वे मुझे न बचा सकेंगे। मेरा साम्राज्य, मेरे महल, प्रासाद, दुर्ग सभी नश्वर हैं। मेरा यह शरीर भी नश्वर है। एक आत्मा नित्य है, क्यों न मैं आत्मा को प्राप्त करूँ। यदि शाश्वत सुख चाहिए तो आत्मा को प्राप्त करना होगा, भौतिक वस्तुओं से नाता तोड़ना होगा। उन्हें विदा देनी होगी।''

उसी समय उसे बोध प्राप्त हो गया। वह उसी वेश में रंगमंच से बाहर निकलने लगे। पीछे-पीछे पाँच सौ राजकुमार थे।

मगध-सम्राट् ने कहा, ''भगवन्, अब तो नाटक समाप्त हो गया। आप कहाँ जा रहे हैं?''

''जहाँ भरत चक्रवर्ती गए हैं। हमारा नाटक वहीं पहुँचने पर समाप्त होगा।''

आषाढ़भूति वापस न लौटे।

□

पर्युषण

"महाराज, गजब हो गया। अवंतीपति चंद्रप्रद्योत अपने सुप्रसिद्ध 'अनलगिरि' हाथी पर चढ़कर एक चोर की तरह वीतभयपत्तन में घुसा और कुब्जा दासी को चुराकर भाग गया।" प्रात: उठते ही राजर्षि उदयन को प्रतिहार ने अशुभ समाचार सुनाए।... "अच्छा, अवंतीपति का यह साहस! हमारी दासी को चुराकर ले गया!" सिंधु-सौवीर के सम्राट् उदयन के स्वर में उपहास-मिश्रित रोष झलक रहा था।

"नहीं, महाराज! सिर्फ दासी को ही नहीं, बल्कि स्वर्गीय महारानी की आराध्य देव प्रतिमा को भी चुराकर ले गया।" प्रतिहार ने पुन: निवेदन किया।

राजा के भुजदंड फड़क उठे, "यह हिम्मत कामी चंद्रप्रद्योत की? उदयन युद्ध से घृणा अवश्य करता है, किंतु डरता नहीं है। दुष्ट को दुष्टता का दंड मिलना ही चाहिए।" उदयन ने सेनापति को अवंती पर आक्रमण के लिए तैयार होने का आदेश देकर दूत के हाथ चंद्रप्रद्योत को संदेश भेजा—'वीतभय की चुराई हुई दासी और देव प्रतिमा या तो लौटा दो, अन्यथा उन दोनों के साथ अपने प्राण भी देने को तैयार हो जाओ।'

महाभिमानी चंद्रप्रद्योत ने ली हुई वस्तु लौटाना सीखा ही नहीं था। फिर स्वर्ण-गुलिका दासी तो अपनी स्वयं की इच्छा से उसके साथ आई थी। उसी ने संकेत करके चंद्रप्रद्योत को अपने सौंदर्य-दीपक का पतंगा बनाया था। कुबड़ी और कुरूप दासी को एकाएक अयाचित सौंदर्य प्राप्त हो गया, जबकि

गांधार देश से आए हुए एक सद्गृहस्थ ने उसकी सेवा पर प्रसन्न होकर 'स्वर्ण-गुलिका' नामक एक जादू भरी गुटिका (गोली) दी थी, जिसे खाते ही कुब्जा की कुरूपता सुंदरता के अपार लावण्य से स्वर्णलता की तरह चमक उठी। स्वर्गलोक की अप्सरा-सा सौंदर्य जगमगाने लगा और उसका अंग-अंग अनोखी आभा से निखर उठा। अंधे को क्या चाहिए—दो आँखें। दासी के इस अद्भुत सौंदर्य पर लोग उसे अब 'कृष्ण-गुलिका' की जगह 'स्वर्ण-गुलिका' कहकर पुकारने लगे। दासी अपने सौंदर्य पर इठलाने लगी। किंतु, उस सौंदर्य का मूल्य उदयन जैसे चरित्रनिष्ठ राजा से पाना असंभव था। और दूसरा कोई रूप का दीवाना पतंगा उदयन के देव मंदिर की पुजारिन दासी के सौंदर्य की लौ पर निछावर हो जाए, यह साहस भी किसमें था! बड़े-बड़े राजकुमार, सेनापति और सम्राट् उदयन के नाम से काँपते थे। कुब्जा को हाथ लगाने के दुःसाहस का अर्थ मौत से खेलना था। दासी इस बात को अच्छी प्रकार समझ रही थी, इसीलिए चंद्रप्रद्योत उसकी पैनी निगाहों में समा रहा था। वह पराक्रमी भी था। अपने प्रचंड बाहुबल एवं सैन्यबल के कारण वह चंद्रप्रद्योत से 'चंद्रप्रद्योत' के नाम से विश्वविश्रुत हो गया था। वह समय आने पर वीतभय के साथ ईंट-से-ईंट बजाने की सामर्थ्य भी रखता था और साथ ही सौंदर्य का प्यासा भी। कर्ण परंपरा से सुने गए दासी के अद्भुत रूप-लावण्य पर उसकी गिद्ध दृष्टि कुछ समय से थी ही और जब दासी की ओर से संकेत मिला तो वह बाँसों उछल पड़ा। अनलगिरि नामक अजेय गंधहस्ती पर चढ़कर रात्रि के समय वह वीतभय पत्तन में आया और स्वर्ण-गुलिका दासी एवं देव प्रतिमा को चुराकर भाग गया। न्याय और नीति की रक्षा का दावा करनेवाला अवंती सम्राट् पड़ोसी राजाओं की दासियों को चोर की तरह चुराता है—इस कायरतापूर्ण कलंक की परवाह उसके कामांध हृदय को कभी नहीं हुई।

उदयन अपने दस सामंत राजाओं के साथ विशाल सेना लेकर चंद्रप्रद्योत को ललकारने के लिए चल पड़ा। जेठ मास की चिलचिलाती धूप की परवाह किए बिना सिंधु-सौवीर की विशाल सेना मालव-भूमि की ओर सागर की क्षुब्ध लहरों की तरह उमड़ चली। सेना मार्ग के बीच में आए मरु-प्रदेश को

पार कर रही थी कि भयंकर गरमी दूर-दूर तक फैले हुए रेत के टीले और जलाभाव के कारण व्याकुल हो गई। लगातार तीन दिन तक जलाभाव का कष्ट बढ़ता ही चल गया। दूर-दूर मैदान साफ पड़े थे। कहीं भी पानी की एक बूँद नजर नहीं आ रही थी। मरु-बालुका पर केवल मृग-मरीचिका का भ्रांत जल ही चमकता था, और कुछ नहीं।

पानी के बिना सबके प्राणों पर बन रही थी। उदयन ने आज के अजमेर (राजस्थान) के पास एक पहाड़ की घाटी में पड़ाव डाला और वहाँ स्वर्गीय पत्नी प्रभावती देवी का स्मरण किया। दैवी प्रभाव से मरुदेश की प्यासी धरती पर सघन जलधर बरस पड़े। चारों ओर शांत और सरस वातावरण छा गया। देवी ने वहाँ एक सदानीरा पुष्करिणी का निर्माण किया, जिसके कारण आगे चलकर उसका नाम 'पुष्कर तीर्थ' पड़ गया, जो आज भी नागपर्वत की घाटी में स्थित है। सेना ने हर्षोल्लास के साथ आगे कूच किया और मालव-धरा को रौंदती हुई अवंती के रण-क्षेत्र में जाकर डट गई। राजधानी उज्जयिनी के चारों ओर घेरा डाल दिया।

दयावीर उदयन ने भयंकर नर-संहार से बचने के लिए चंद्रप्रद्योत का द्वंद्व-युद्ध के लिए आह्वान किया। दोनों का गज-युद्ध के बदले रथ-युद्ध निश्चित हुआ। किंतु, चंद्रप्रद्योत का हृदय धड़क रहा था कि रथ-युद्ध में वह धनुर्धर उदयन के समक्ष टिक नहीं सकेगा। इसलिए उसने चालाकी की और दूसरे दिन रथ की जगह अपने दुर्दांत अनलगिरि हाथी पर चढ़कर मैदान में आया। उदयन ने उसे प्रतिज्ञा के विरुद्ध हाथी पर आते देखा तो फटकारा—"कायर! यह क्या? तूने युद्ध से पहले ही निश्चित प्रतिज्ञा भंग कर दी? किंतु कुछ भी हो, आज तू मेरे हाथों से बचकर नहीं जा सकता।" और दोनों योद्धा दो जलभरे काले मेघों की तरह प्रचंड गर्जना के साथ युद्धक्षेत्र में टकरा गए। दोनों ओर की सेनाएँ दर्शक बनकर दूर खड़ी रहीं। उदयन ने पलक मारते ही रथ को बिजली की तरह अतिशीघ्र चक्र गति से घुमाया और अनलगिरि के पैरों पर भयंकर बाण-वर्षा शुरू कर दी। देखते-ही-देखते अनलगिरि के चारों पैर बाणों से बिंधकर छलनी हो गए। रक्त के फौवारे छूट गए और वह घायल होकर

भयानक चिंघाड़ मारता हुआ रणक्षेत्र में गिर पड़ा। हाथी के गिरते ही चंद्रप्रद्योत भागने की चेष्टा करने लगा, किंतु वीर उदयन ने उसे तत्काल बंदी बना लिया। संसार युग-युग तक उसकी काम-लिप्सा को दुत्कारता रहे, इसलिए उदयन के आदेश से चंद्रप्रद्योत के भाल पर 'दासीपति' शब्द अंकित कर दिया गया।

इधर चंद्रप्रद्योत की पराजय का समाचार सुना तो दासी कहीं अन्यत्र भाग गई। अवंती के नगर जनों के आग्रह पर उदयन ने देव प्रतिमा वहीं स्थापित कर दी। चंद्रप्रद्योत को बंदी बनाकर उदयन ने वीतभय की ओर प्रस्थान किया। वर्षा प्रारंभ हो चुकी थी, पर्युषण पर्व का समय निकट-से-निकटतर आता जा रहा था। उदयन श्रमण भगवान् महावीर का अनुयायी श्रावक था। पर्युषण पर्व के अवसर पर आठ दिन धर्माराधना करना उसका जीवन-व्रत था। मार्ग में ही एक सुरक्षित स्थान देखकर पड़ाव डाल दिया गया। उदयन पौषध व्रत, स्वाध्याय एवं आत्मचिंतन करने लगा।

पर्युषण का अंतिम दिन 'संवत्सरी-पर्व था। उदयन ने रसोइए को बुलाकर कहा, "आज संवत्सरी-पर्व है। मैं तो उपवास करूँगा। और दूसरे सेनापति, सामंत आदि स्वेच्छा से उपवास करना चाहें, उपवास करें और जो उपवास न कर सकें, उनके लिए भोजन की व्यवस्था कर देना।" सम्राट् ने चंद्रप्रद्योत के लिए खासतौर से भोजन व्यवस्था की सूचना दी। सम्राट् का विश्वास मात्र न्याय के लिए संघर्ष में था, वे व्यक्तिगत घृणा से परे थे। रसोइए ने चंद्रप्रद्योत से पूछा कि—"आप आज क्या भोजन पसंद करेंगे? संवत्सरी पर्व होने से हमारे सम्राट् और कुछ अन्य लोग तो आज उपवास करेंगे।"

'आज ही क्यों पूछा जा रहा है? अवश्य ही भोजन में विष देने की यह गुप्त योजना प्रतीत होती है।' चंद्रप्रद्योत सशंक हो उठा। जैसा मन वैसा चिंतन!

जहाँ सेना ने पड़ाव डाला था, वह स्थान दशपुर के नाम से प्रसिद्ध हुआ, जिसे वर्तमान में 'मंदसौर' कहा जाता है। आखिर वह दूसरी अच्छी बात सोच भी कैसे सकता था?

"महाराज भोजन नहीं करेंगे तो मैं भी नहीं करूँगा। मुझे भी संवत्सरी पर्व का उपवास करना है। मेरे माता-पिता भी जैन धर्मी थे, भाई!" चंद्रप्रद्योत ने अपनी कल्पित विपत्ति से बच निकलने के मनोभाव से कहा।

उदयन को जब यह सूचना मिली कि चंद्रप्रद्योत भी संवत्सरी का उपवास करेगा तो उनके हृदय में सहधर्मी का वात्सल्य भाव जाग उठा। सांवत्सरिक प्रतिक्रमण के अवसर पर उसके गुरुतर अपराध को भी भुलाकर वे सांवत्सरिक क्षमा-याचना करने के लिए बंदी चंद्रप्रद्योत के समीप विनम्र भाव से पहुँचे। अखिल विश्व के प्राणिमात्र से क्षमायाचना करनेवाला साधक अपने निकट के शत्रु से क्षमा-याचना न करे तो आपकी सांवत्सरिक आराधना, क्षमापर्व की उपासना परिपूर्ण कैसे हो? मित्र तो मित्र है ही, शत्रु के प्रति भी मित्रभाव जाग्रत् हो, यही तो क्षमा की सच्ची आराधना है। उदयन का चिंतन प्रबुद्ध हुआ और उसने बंदी चंद्रप्रद्योत से करबद्ध क्षमा याचना की, ''सहधर्मी बंधु, मैं तुम्हें क्षमा करता हूँ।''

चालाक चंद्रप्रद्योत इस अवसर को हाथ से निकलने नहीं देना चाहता था, तुरंत बोल उठा, ''यह कैसी क्षमा? मुझे पशु की तरह लोहे के पिंजरे में डाल रखा है और सहधर्मी बंधु का ढोंग करके क्षमा-याचना कर रहे हो? यदि तुम्हारे हृदय में सच्ची क्षमा है, सरलता है तो मुझे मुक्त करो, तभी इस क्षमापना का कुछ अर्थ है!'' यद्यपि चंद्रप्रद्योत जैसे दुर्दांत शत्रु को इस प्रकार सहज ही छोड़ देना राजनीति की एक भूल मानी जा सकती है, किंतु उसे इस पवित्र प्रसंग पर बंदी रखना सम्राट् की वीरक्षमा की पराजय ही तो थी। विचारों में द्वंद्व मच गया। धर्म और राजनीति की, अमृत और विष की टक्कर थी यह। अंततः अमृत की ही विजय हुई। सम्राट् उदयन राज्य में रहते हुए भी राजर्षि थे, युद्धवीर होते हुए भी क्षमावीर थे। उनकी वीरक्षमा मुखर हो उठी— ''सेनापति! चंद्रप्रद्योत को मुक्त कर दो। मैंने इसे क्षमा कर दिया है। अब यह मेरा शत्रु नहीं रहा, मित्र है, सहधर्मी है।''

उदयन की वीरक्षमा पर चंद्रप्रद्योत स्वयं चकित-सा देखता रह गया। क्षण भर में उसके बंधन खोल दिए गए और उदयन ने स्नेहपूर्वक चंद्रप्रद्योत से क्षमायाचना की। आवेशवश भाल पर अंकित किया गया शब्द 'दासीपति' स्वयं उदयन की आँखों में खटक गया। इसे ढकने के लिए चंद्रप्रद्योत के भाल पर स्वर्णपट्ट बाँध दिया गया। उदयन ने उसे अपना पट्टबंध मित्र राजा बना विदा किया अवंतीपति सम्राट् के रूप में! □

सामयिक का मूल्य

एक श्रावक था—पूनिया। वह सूत कातकर अपना निर्वाह करता था। यह बात नहीं कि उसके पिता निर्धन थे, या उन्होंने उसे कुछ नहीं दिया था। उसके पिता नगर के संभ्रांत पुरुष थे। इने-गिने प्रमुख धनवानों में उनका पहला नहीं तो दूसरा स्थान अवश्य रहा होगा। धन-धान्य, हाथी-घोड़े, दास-दासी, महल-प्रासाद आदि किसी वस्तु की कमी न थी। देश तथा विदेश में व्यापार फैला हुआ था। जल-मार्गों पर जहाज चलते थे और स्थल-मार्गों पर सार्थ।

किंतु पूनिया संचय को पाप समझता था। बहती हुई हवा सभी के लिए है। इसमें सभी साँस ले सकते हैं। यदि कोई उसे रोककर बैठ जाए और दूसरों को साँस न लेने दे तो उसे क्या कहा जाएगा? वह पापी नहीं तो और क्या है? नदी का बहता हुआ जल सभी की प्यास बुझाता है। उस पर घाट बाँधकर यदि कोई सार्वजनिक सुख की वृद्धि करना चाहता है तो करे, किंतु यदि घाट बाँधकर वह उस पर स्वामित्व स्थापित करना चाहता है और दूसरों को पानी पीने से रोकता है तो यह पाप है। संसार में धन-धान्य आदि सभी वस्तुएँ सार्वजनिक संपत्ति हैं। एक चालाक व्यक्ति थोड़ा सा हेर-फेर करके उन पर अधिकार जमा लेना चाहता है। यह भी कोई न्याय है? वृक्षों की छाया सभी के लिए है। जिसको जितनी देर आवश्यकता हो, बैठ ले। एक पथिक विश्राम कर चला जाता है तो दूसरा उसकी जगह आ बैठता है। छाया को गठरी में

बाँधकर अपने साथ नहीं ले जाता, न ही उसे ताले में बंद कर जाता है। वन में घास उगती है, फल लगते हैं। पशु भी आते हैं, पक्षी भी आते हैं। अपना-अपना पेट भरकर चले जाते हैं, उड़ जाते हैं। गट्ठर बाँधकर कोई नहीं ले जाता। अधिकार जमाकर कोई नहीं बैठता।

मनुष्य ही एक ऐसा प्राणी है, जो सार्वजनिक उपयोग की वस्तुओं पर अधिकार जमाना चाहता है। अपनी इस वंचक-वृत्ति के पोषण तथा गोपन के लिए उसने व्यापार, राजनीति, अर्थशास्त्र आदि लंबे-चौड़े गोरखधंधे रच रखे हैं।

चोर दूसरे की निद्रा से लाभ उठाकर उसका धन ले लेता है। डाकू उसकी शारीरिक दुर्बलता से लाभ उठाता है। व्यापारी उसकी बौद्धिक तथा आत्मिक दुर्बलता से। प्यास से मरते हुए आदमी से एक गिलास पानी के बदले हम उसकी सारी संपत्ति माँग सकते हैं। लाचार होकर उसे देनी ही पड़ेगी। फिर भी, हम न चोर कहे जाएँगे, न डाकू। इसके विपरीत, हम यह कहते हुए गर्व का अनुभव करेंगे कि हमने कष्ट के समय उसकी सहायता की और उसके प्राण बचा लिये। दूसरे की निर्बलता या विवशता से लाभ उठाने की भावना प्रायः सभी में पाई जाती है। फिर भी, समाज ने कुछ को पापी कह दिया और कुछ को भाग्यशाली। पूनिया की दृष्टि में सभी एक थे। दूसरे का अधिकार बिना छीने या दूसरे की लाचारी से लाभ उठाए बिना कोई संचय नहीं कर सकता।

पूनिया ने सारी संपत्ति को त्याग दिया। एक छोटी सी झोंपड़ी बना ली और उसी में रहने लगा। सूत कातकर जो आय होती, उसी पर निर्वाह करता। प्रतिदिन की आय उसी दिन खर्च कर लेता, दूसरे दिन के लिए कुछ भी न बचाता। बचाना संचय-बुद्धि को उत्पन्न करता है और संचय-बुद्धि पाप है। उसका यह भी विश्वास था कि जिस दिन कुछ बचाकर रखा जाएगा, उस दिन कोई-न-कोई अवश्य भूखा रहेगा। बचा हुआ अंश सार्वजनिक स्वत्व का अपहरण है। इसलिए वह उतना ही कातता, जिससे उस दिन का गुजारा होता।

पूनिया उदर-पूर्ति के लिए पूनियाँ कातता और शेष समय आध्यात्मिक विकास में बिताता। वह इस बात को कभी न भूलता कि मानव-जीवन का वास्तविक ध्येय आत्मा की प्राप्ति है।

एक बार मगध सम्राट् महाराज श्रेणिक भगवान् महावीर की सेवा में बैठे थे। श्रेणिक ने पूछा, "भगवान्, मैं मरकर कहाँ जाऊँगा?"

"नरक में।" भगवान् ने उत्तर दिया।

श्रेणिक सुनकर चकित रह गए। वह अपने को बड़े न्यायी, प्रजा-वत्सल तथा धार्मिक राजा समझते थे। पंडित लोग उन्हें महान् धार्मिक व्यक्ति मानते थे। वे यह कहते भी न हिचकते थे कि उनके हाथ से मरनेवाले की भी सद्‌गति होती है; पर भगवान् महावीर के मुख से अपना भविष्य सुनकर वह खेदपूर्ण आश्चर्य में पड़ गए।

महावीर के वाक्यों पर श्रेणिक को पूरा विश्वास था। वह मानते थे कि भगवान् महावीर कभी असत्य नहीं कहते। भगवान् ने बताया—"जो राजा

अपने को प्रजा का स्वामी मानता है, वह धर्म के रहस्य को नहीं जानता। राज्य की सारी संपत्ति को प्रजा की धरोहर समझो। उसे प्रजा के हित में लगाओ। अपने लिए उसमें से एक पैसा भी खर्च करना पाप है। यदि तुम सच्चे मन से जनता की सेवा करो तो तुम्हारे जीवन का उद्धार हो सकता है; किंतु क्रूर मनोभावों के कारण तुम नरक का आयुष्य बाँध चुके हो। उसका छूटना कठिन है।''

भगवान् ने राजा को वह घटना याद दिलाई, जब वह शिकार खेलने गए थे। उसने एक हरिणी पर बाण छोड़ा। वह गर्भवती थी। तड़पती हुई एक ओर जा पड़ी। बच्चा बाहर गिर पड़ा। राजा अपने निशाने पर गर्व से फूल उठे।

भगवान् ने कहा, ''राजन्, तुमने एक तो निरपराध प्राणी की हिंसा की, उस पर इतने मतवाले हो उठे। इसी कारण तुमने नरकायुष्य बाँध लिया।''

राजा अपना भविष्य सुनकर सहम गए। उन्होंने दीन स्वर में पूछा, ''भगवन्, क्या कोई ऐसा उपाय है, जिससे मेरा नरकायुष्य टूट सके?''

''बाँधा हुआ आयुष्य टूट नहीं सकता, राजन्! उसे भोगना ही पड़ता है।'' भगवान् ने दयार्द्र होकर कहा, ''यदि तुम चाहो तो अपना भविष्य सुधार सकते हो, किंतु किए का फल तो भोगना ही होगा। मैं तुम्हारे सामने तीन बातें रखता हूँ। यदि तुम इनमें से एक भी संभव कर सको तो बँधे हुए आयुष्य का टूटना भी संभव हो सकता है—

१. यदि तुम्हारी कपिला नाम की दासी शुद्ध मन से किसी साधु को दान दे तो तुम्हारा नरकायुष्य टूट सकता है।
२. यदि कालसौकरिक कसाई, जो प्रतिदिन पाँच सौ भैंसें मारता है, हिंसा बंद कर दे तो तुम्हारा नरकायुष्य टूट सकता है।
३. यदि पूनिया श्रावक तुम्हें अपनी एक सामयिक दे दे तो तुम्हारा नरकायुष्य टूट सकता है।''

कपिला साधुओं से द्वेष करती थी। श्रेणिक ने उसे समझाने का बहुत प्रयत्न किया, प्रलोभन भी दिए; किंतु वह तैयार न हुई।

कालसौकरिक कसाई से कहा गया। उसने उत्तर दिया, ''महाराज, मैं

अपने वंश परंपरा के धंधे को कैसे छोड़ दूँ? कुलाचार का पालन करना मेरा धर्म है। नरनाथ! जिस प्रकार आपको अपना धर्म प्यारा है, मुझे भी अपना धर्म प्यारा है।''

राजा ने उसे कैद कर लिया, किंतु वह न माना। उसने अपने पसीने के मैल की बत्तियाँ बनाईं। उनमें भैंसों का आरोपण किया और संख्या पूरी कर ली। उसने मानसी हिंसा नहीं छोड़ी। राजा वहाँ भी निराश हुए।

वह पूनिया के पास पहुँचे। उस समय वह सामयिक में बैठा हुआ था। राजा चुपचाप जाकर बैठ गए। सामयिक पूरी होने पर पूनिया ने राजा को बैठने के लिए चटाई दी और आने का कारण पूछा। राजा ने सारी बात कह सुनाई और एक सामयिक खरीदने की इच्छा प्रकट की।

''महाराज, मुझे खेद है, यह कार्य नहीं हो सकेगा।'' पूनिया ने गंभीरता के साथ उत्तर दिया।

राजा ने सोचा, 'बनिया है, कुछ अधिक मूल्य चाहता है।' उन्होंने एक लाख मुहरों से बढ़ते-बढ़ते अपना सारा साम्राज्य मूल्य के रूप में देना चाहा; किंतु सौदा न पटा।

श्रेणिक फिर भगवान् महावीर के पास पहुँचे। भगवान् ने सामयिक का स्वरूप बताते हुए कहा, ''राजन् तुम भोले हो। तुम समझते हो, अपने राज्य तथा संपत्ति द्वारा तुम सबकुछ कर सकते हो, सबकुछ खरीद सकते हो। किंतु तुम भ्रम में हो। भौतिक संपत्ति द्वारा भौतिक वस्तुएँ ही खरीदी जा सकती हैं। उन्हीं का परस्पर लेन-देन और मूल्यांकन हो सकता है। आध्यात्मिक जगत् में भौतिक संपत्ति का कोई मूल्य नहीं है। आत्मचिंतन में लगाए गए एक क्षण के सामने तुम्हारा सारा साम्राज्य तुच्छ है। तुम अपनी संपत्ति द्वारा कपिला के हृदय को नहीं बदल सके। अपनी सारी शक्ति लगाकर भी कालसौकरिक को नहीं रोक सके। वे तो कुमार्ग में प्रवृत्त थे। फिर भी तुम्हारी सत्ता उन पर प्रभाव न डाल सकी। पूनिया तो एक समझदार श्रावक है, आध्यात्मिक संपत्ति का स्वामी है। तुम्हारे तुच्छ साम्राज्य के लिए वह अपनी उस पूँजी को क्यों बेचने लगा?

"राजन्, सामयिक लेन-देन की वस्तु नहीं है। आत्मा के विशुद्ध परिणामों का नाम ही सामयिक है, उसके लिए साधना की आवश्यकता है। सामयिक के शुद्ध स्वरूप को प्राप्त करने के लिए पूनिया ने अपनी करोड़ों की संपत्ति त्याग दी। उसने ऐसी कोई वस्तु अपने पास नहीं रखी, जो आत्मचिंतन में बाधक हो। उसे जो आत्म-साम्राज्य प्राप्त है, उसके सामने तुम्हारा साम्राज्य क्या है? यदि तुम वास्तव में सामयिक प्राप्त करना चाहते हो तो राजसत्ता के मिथ्या मोह को छोड़कर दीन बन जाओ। प्रभुता की इस चकाचौंध में आत्मदर्शन नहीं हो सकते। संसार में क्षुद्र-से-क्षुद्र प्राणी को अपना मित्र मानो। सबके साथ समानता का व्यवहार करो। तुम सुख चाहते हो तो दूसरों को सुखी बनाओ। राजन्, सब प्राणियों के साथ समता रखना सामयिक है।

"सुख प्राप्त कर फूलो मत और दुःख आने पर घबराओ मत। इष्ट और अनिष्ट, अनुकूल और प्रतिकूल—सभी परिस्थितियों में समान रहने का नाम सामयिक है। राजन्, आत्म-दर्शन का नाम सामयिक है। किंतु वह तभी हो सकता है, जब अपने मन तथा इंद्रियों को बाह्य विषयों से हटाकर अंतर्मुखी बनाओगे।

"राजन्, साधना करो, अवश्य सफलता प्राप्त होगी।"

□

कठिन व्रत

"जीवन के महान् लक्ष्य को प्राप्त करने के लिए विवाह पाथेय है। इसका ध्येय केवल भौतिक आनंद में नहीं है। विवाह के बाद भी स्त्री और पुरुष पूर्ण ब्रह्मचारी रह सकते हैं।" विजय कुमार ने दृढ़ता से कहा।

कौशांबी नगरी में धनसार सेठ रहते थे। उनके एक पुत्र था। नाम था विजय कुमार। विजय शरीर से सुंदर, बुद्धि से तीक्ष्ण और स्वभाव से नम्र था। नवयौवन-संपन्न सभी प्रकार से अतुल ऐश्वर्य का स्वामी होने पर भी वह उनमें आसक्त न था। उसका मन जीवन की किसी-न-किसी गंभीर समस्या के विचार में लगा रहता था।

एक दिन विजय पिता के साथ मुनि-दर्शन करने गया। व्याख्यान सुना। मुनि महाराज ब्रह्मचर्य की महिमा का उपदेश दे रहे थे। उन्होंने बताया, "जो व्यक्ति दुष्कर ब्रह्मचर्य का पालन करता है, देव, दानव, गंधर्व और राक्षस सभी उसे नमस्कार करते हैं।"

विजय उत्साही युवक था। कठिनाइयों का स्वागत करने में उसे आनंद आता था। इसी का नाम तो यौवन है। इसी का नाम उत्साह है। दूसरे लोग जिसे असंभव समझकर अलग हट जाते हैं, युवक का हृदय उसे संभव करने के लिए मचल उठता है। लोग जिसे दुष्कर समझकर भय खाते हैं, वही उसको ही निमंत्रण देता हुआ प्रतीत होता है। जहाँ दूसरों के लिए खतरा है,

उसके लिए आकर्षण है। दूसरों के लिए जो असाध्य है, वह उसी को सुसाध्य करके देखना चाहता है।

मुनि महाराज ने ब्रह्मचर्य को जितना कठिन बताया, विजय का हृदय उतना ही उस ओर झुकता गया। उसमें उसे आनंद आने लगा।

व्याख्यान के अंत में वह मुनि महाराज के पास गया और अपनी इच्छा प्रकट की। उसने कहा, ''महाराज, मैं चाहता हूँ, पूर्ण ब्रह्मचर्य का पालन करूँ। किंतु महाव्रत के शिखर पर पहुँचने के लिए क्रमशः ही बढ़ना उचित है। इसलिए मैं आपके सामने प्रत्येक मास के कृष्णपक्ष में ब्रह्मचारी रहने की प्रतिज्ञा करता हूँ। आप मुझे यह प्रतिज्ञा करा दीजिए।''

मुनि महाराज ने विजय कुमार को ब्रह्मचर्य का स्वरूप अच्छी तरह समझाया। उन्होंने कहा, ''मन को विषय-वासनाओं से हटाकर आत्मचिंतन में लगाना। जो व्यक्ति अपने मन को वश में रख सकता है, उसके लिए यह कार्य सरल है। जो नहीं रख सकता, उसके लिए कठिन है। तुम अभी युवक

हो, संसार के सभी प्रलोभन तुम्हारे सामने हैं। पग-पग पर पतन की संभावना है। फिर भी मुझे आशा है, तुम इस कठोर व्रत में अग्रसर होते जाओगे। विचार और विवेकपूर्वक चलने से कठिन कार्य भी सरल हो जाते हैं। मन में दृढ़ता और उत्साह रखो, अवश्य सफलता मिलेगी।''

उसी नगरी में लीलाधर नाम के दूसरे सेठ रहते थे। उनके एक कन्या थी, नाम था विजया। वह सुंदर और गुणवती थी। वह एक दिन साध्वियों के व्याख्यान में गई और शुक्लपक्ष में ब्रह्मचर्य-पालन की प्रतिज्ञा कर ली। विजय और विजया दोनों ने अपने व्रत को अपने ही मन में रखा। यह कौन जानता था कि वे एक-दूसरे के अधूरे व्रत को पूर्ण कर देंगे!

विजया के पिता को पुत्री के विवाह की चिंता हुई। वर की खोज प्रारंभ हुई। सभी की दृष्टि विजय कुमार पर आकर जम गई। दोनों का विवाह हो गया। सुहागरात उनके लिए वरदान बन गई, क्योंकि दोनों ने ब्रह्मचर्य का पालन करने की शपथ ले रखी थी। उन दोनों ने संयम की लकीर को नहीं काटा और अपने-अपने संकल्प में दृढ़ रहे। दोनों के व्रत एक-दूसरे के पूरक बन गए थे।

विजया ने कहा, ''नाथ, आप दूसरा विवाह कर लीजिए। मेरी चिंता मत कीजिए। मैं इस पथ पर ही चलना चाहती थी, किंतु आत्मबल की कमी के कारण साहस नहीं होता था। आपने हाथ पकड़कर उस पर खड़ा कर दिया। इससे बढ़कर मेरे लिए सौभाग्य की बात क्या हो सकती है! आपने मेरा पाणिग्रहण किया, मेरे कल्याण का उत्तरदायित्व आपने अपने ऊपर लिया और पहले ही दिन परम कल्याण के पथ पर अग्रसर कर दिया। आप जैसा आत्मोन्नति के पथ पर ले जाने वाला पति किसे मिल सकता है! आपको प्राप्त करके मैं अपने को धन्य मानती हूँ। किंतु मैं यह नहीं चाहती कि मेरे कारण आपको कठोर व्रत अंगीकार करना पड़े। आप पर वंश चलाने का उत्तरदायित्व है। यदि आप दूसरा विवाह न करेंगे तो माता-पिता की इच्छा अपूर्ण रह जाएगी। उनकी इच्छा को पूर्ण करना आपका कर्तव्य है। मैं आप दोनों की सेवा करूँगी। इसमें मुझे आनंद ही प्राप्त होगा।''

''नहीं, ऐसा नहीं हो सकता।'' विजय कुमार ने दृढ़ता के साथ कहा, ''जिस पथ पर तुम चलना चाहती हो, क्या वह मेरे लिए स्पृहणीय नहीं है? विवाह का उद्देश्य केवल भौतिक आनंद नहीं है। यह तो पशु-धर्म है, पाशविक वृत्तियों की तृप्ति है। बिना विवाह के भी पशु इसका संपादन करते हैं। इसमें विवाह की क्या महत्ता है? विवाह का उद्देश्य है—स्त्री और पुरुष मिलकर एक-दूसरे की कमी को पूर्ण करें। जीवन के महान् संघर्ष में दोनों परस्पर सहायक हों। स्त्री को देखकर पुरुष में उत्साह जाग्रत् हो और वह जलती हुई आग में कूदने के लिए उतावला हो उठे। पुरुष को देखकर स्त्री में आत्मविश्वास की भावना उत्पन्न हो। स्त्री पुरुष के लिए प्रेरक हो और पुरुष स्त्री के लिए। वासना-पूर्ति तो एक दुर्बलता है, उस महान् लक्ष्य के मार्ग में एक विश्रांति है। जो पथिक उसी विश्रांति को चरम लक्ष्य मानकर बैठ जाता है, आगे नहीं बढ़ता, उसे पथभ्रष्ट कहना चाहिए। बिना विश्रांति के सतत चलते रहनेवाले पथिक को पथभ्रष्ट नहीं कहा जा सकता। नया विवाह कर लेने पर वह चरम लक्ष्य मुझसे दूर हो जाएगा। मैं यह नहीं चाहता। हम दोनों पूर्ण ब्रह्मचर्य का पालन करते हुए उस लक्ष्य की ओर मिलकर बढ़ेंगे। हमारी प्रतिज्ञाएँ हमारे लिए वरदान सिद्ध होंगी।

''वंश चलाने का मोह भी मनुष्य की स्वार्थ-वृत्ति ही है। जो मनुष्य अपने जीवन को परमार्थ के साधन में लगाना चाहता है, उसे संतान उत्पन्न करने की आवश्यकता नहीं है। दूसरी बात यह है कि ब्रह्मचर्य और विवाह का उच्च आदर्श स्थापित करके हम जिस वंश की स्थापन करेंगे, वह दुनिया को सदा कल्याण के मार्ग में प्रवृत्त करता रहेगा।''

दोनों ने यह भी निश्चय किया कि हम अपने व्रत की घोषणा नहीं करेंगे। दोनों दृढ़ता के साथ परीक्षण करेंगे और जिस दिन यह बात प्रकट हो जाएगी, मुनिव्रत अंगीकार कर लेंगे।

जिस दुर्गम पथ पर बड़े-बड़े योद्धा कायर बन जाते हैं। जहाँ ज्ञानियों का ज्ञान, ध्यानियों का ध्यान, तपस्वियों का तप, साधकों की साधना और व्रतधारियों की निष्ठा—सबकुछ डावाँडोल होने लगता है और जिस पर बड़े-

बड़े ऋषि-मुनि फिसल गए, उसी पर दोनों चल पड़े।

दोनों अपने मन की दृढ़ता का परीक्षण कर रहे थे। विजया सदा विजय कुमार के पास रहती थी और विजय कुमार विजया के पास। दोनों एक साथ उठते-बैठते और सोते थे। विजया विजय के लिए पत्नी थी और विजय विजया के लिए पति। किंतु वे उस अवस्था पर पहुँच चुके थे, जब पति और पत्नी का संबंध वासना को पार करके विशुद्ध प्रेम में परिणत हो जाता है। जहाँ त्याग में आनंद आता है, भोग-लिप्सा में नहीं। जहाँ बलिदान है, प्रतिदान नहीं; समर्पण है, प्रत्याशा नहीं; उत्सर्ग है, कामना नहीं। नवयुवक और नवयवुती होने पर भी वे प्रेम की उस परिपक्वता पर पहुँच गए थे, जिसने वासना को निर्मूल कर दिया था।

सर्वज्ञ सर्वदर्शी महामुनि विमल विचरते हुए चंपा नगरी में पधारे। सारे नगर में धूम मच गई। जनता दर्शनार्थ जाने लगी।

उसी नगर में सेठ जिनदास रहते थे। रात्रि के अंतिम प्रहर में उन्होंने एक सपना देखा—'चौरासी हजार महातपस्वी मुनि एक महीने के अनशन का पालन करने के लिए घर आए। सभी को आहार-पानी दिया गया और वे पारणा करके स्वेच्छानुसार विहार करके गए।'

चौरासी हजार साधुओं के दर्शन ही बड़े सौभाग्य की बात है। फिर ऐसे तपस्वियों की लंबी तपस्या के पारणे का सुयोग प्राप्त होना महान् पुरुषों का फल है। स्वप्न होने पर भी जिनदास ने अपने को भाग्यशाली माना।

उसने भगवान् से स्वप्न का फल पूछा। भगवान् ने बताया, "तुम विजय और विजया के दर्शन करो। उसका उतना ही फल होगा जितना चौरासी हजार महातपस्वियों को पारणा कराने में है।"

विजय और विजया ने बारह वर्ष एक साथ रहकर अपने व्रत का कठोर परीक्षण किया। उसके बाद मुनिव्रत अंगीकार करके मोक्ष प्राप्त किया। सेठ ने भी दोनों के दर्शन करके अपने को कृतार्थ किया।

□

धर्म-नायक

"उफदाजी, यदि आप दीक्षा ले लेवें तो आत्म-कल्याण के साथ समाज का बहुत भला कर सकते हैं।" एक साधु वेशधारी वृद्ध ने कहा।

वृद्ध महानुभाव मारवाड़ के सोजत नगर में रहते थे। वेश तो साधु का था, किंतु क्रियाकांड में वह उग्रता न थी, जिसकी आशा समाज करता है। लोग उन्हें साधु मानकर वंदना तो न करते थे, किंतु धार्मिक क्रियाओं के लिए उनके पास आते-जाते थे। उनका नाम था—भोपजी स्वामी।

उन दिनों सभा, सोसाइटियाँ या क्लब नहीं थे। इन सबकी पूर्ति धर्म-स्थान किया करते थे। अवकाश के समय नागरिक अपनी-अपनी श्रद्धा के अनुसार किसी धर्म-स्थान में एकत्र हो जाते और विविध चर्चाएँ किया करते—अच्छी भी और बुरी भी। नगर की बातें भी होतीं और परलोक की भी। जिसकी जैसी रुचि होती, वह वहीं जा बैठता। भोपजी का उपाश्रय एक ऐसा ही स्थल बना हुआ था।

धार्मिक चर्चा करनेवाली मंडली में उदयसागरजी नाम के एक नवयुवक आया करते थे। प्रतिभाशाली तथा तेजस्वी होने के साथ वह धार्मिक बातों का अच्छा ज्ञान रखते थे। अपनी बात को कहने और विषय का प्रतिपादन करने का उनका ढंग रोचक था। भोपजी स्वामी तथा दूसरे धार्मिक प्रवृत्तिवाले लोगों को उनकी बातों में आनंद मिलता था। एक दिन स्वामीजी के मुख से सहसा उपर्युक्त बात निकल पड़ी। उस समय कौन जानता था कि वह सिद्ध योगी की

भविष्यवाणी के समान सत्य सिद्ध होगी!

उदयसागरजी ने इस बात को चेतावनी समझा। जिस मार्ग को वह चिरकाल से ढूँढ़ रहे थे, भोपजी स्वामी ने उसी ओर संकेत कर दिया। वह मन-ही-मन उस वाक्य को दोहराने लगे और वैराग्य भावना को दृढ़ करने लगे। अंत में उन्होंने पूज्य श्री हुकमीचंदजी महाराज के संप्रदाय से दीक्षा ले ली।

प्रतिभा छिपी नहीं रहती। उदयसागरजी समाज में चमकने लगे। ज्ञान, रुचि और चरित्र सभी बातों में उनका उच्च स्थान था। उनके गुणों से प्रभावित

होकर तत्कालीन आचार्य पूज्य श्री शिवलालजी महाराज ने उन्हें अपना युवराज (उत्तराधिकारी) चुन लिया।

थोड़े दिनों बाद पूज्य श्री शिवलालजी महाराज का स्वर्गवास हो गया। उदयसागरजी विशाल संप्रदाय के आचार्य बन गए। उनके अनुशासन, व्यवस्था-शक्ति, कठोर संयम तथा दूसरे गुणों के कारण संप्रदाय दिन-प्रतिदिन उन्नति करने लगा। दृढ़ता के लिए दूसरे संप्रदाय उनकी धाक मानने लगे।

विहार करते हुए पूज्य श्री उदयसागरजी सोजत आए। हजारों श्रावक तथा श्राविकाएँ दर्शन के लिए टूट पड़े। चारों ओर जयनाद हो रहा था। ऐसे समय व्यक्ति को अपनी पद-मर्यादा का विशेष ध्यान रहता है। पूर्वावस्था के साथियों तथा शुभाकांक्षियों को वह भूल जाया करता है। किंतु पूज्य आचार्यजी ने आते ही भोपजी स्वामी के विषय में पूछा और उनके पास जाने की इच्छा प्रकट की।

यह बात सुनकर समाज के मुख्य श्रावक तथा साधु चकित रह गए। उनके संप्रदाय का आचार्य एक साधारण शिथिलाचारी के पास जाए, उन्हें यह अपमान-सा प्रतीत होने लगा।

पुत्र-मोह में अंधी होकर माता बालक के स्वतंत्र विकास में बाधक बन जाती है। उसे बालक की रुचि या उन्नति का ध्यान नहीं रहता। जो वस्तु उसे स्वयं अच्छी लगती है, वही बालक को खिलाती है। जो कपड़े देखने में उसे अच्छे लगते हैं, वही बालक को पहनाती है। जिस तरह उठना-बैठना उसे पसंद है, बालक को वैसे ही करना पड़ता है। उसे इस बात का ध्यान नहीं रहता कि बालक भी मानव है, समझता-बूझता है, उसकी अपनी रुचि है, सुख-दुःख की अनुभूति है।

अंधभक्त भी अपने उपास्य से ऐसी ही आशा करने लगता है। वह अपने धर्मगुरु को अपनी इच्छानुसार चलाना चाहता है। सच्चा भक्त उपास्य के इंगितों पर स्वयं नाचता है और अंधभक्त स्वयं अड़ा रहकर उपास्य को अपनी इच्छानुसार चलते हुए देखना चाहता है। जिस बात से उसके अहंकार को आघात पहुँचे, उसे करने से वह अपने धर्माचार्य को भी रोकता है। उसकी दशा उस अंधे सरीखी होती है, जो दूसरे के हाथ में लाठी देकर भी स्वयं दिशा प्रदर्शन करता है। जो ठीक मार्ग पर ले जाते हुए अग्रणी को इसलिए कोसता है, क्योंकि वह स्वयं आगे नहीं बढ़ना चाहता और नेता पर उन्मार्गगामी होने का आरोप लगाता है। अंधभक्त यह भूल जाता है कि उसका पर्थ-प्रदर्शक अपनी आँखों से देखकर चलेगा। वह अनुयायी की इच्छाओं का अनुसरण नहीं कर सकता। वह तो सत्य का पथिक है और सत्य का प्रदर्शक है। मानव

स्वभाव की यह दुर्बलता है कि वह कष्ट का अनुभव करता है। वह सत्य को अपने अंधविश्वासों में सीमित कर लेना चाहता है। यहीं से धार्मिक झगड़े शुरू होते हैं और मत-मतांतरों से दुनिया भर जाती है।

एक मुनि ने पूज्यश्री से कहा, "महाराज, आप उग्रबिहारी संप्रदाय के आचार्य हैं। शिथिलाचारी के पास जाना आपको नहीं कल्पता।"

एक श्रावक ने कहा, "पूज्यराज, उस शिथिलाचारी के पास जाने से संप्रदाय का अपमान होगा।"

तीसरे ने कहा, "इसमें मिथ्यात्व लगता है।"

चौथे ने कहा, "वहाँ जाने से मुनिव्रत में दोष लगेगा।"

इस प्रकार चारों ओर से विरोध होने लगा। किसी लब्धप्रतिष्ठ नेता के लिए ऐसा समय बड़े संकट का होता है। हक व मान-मर्यादा और दूसरी ओर सत्य। दोनों का संघर्ष प्रारंभ होता है। निर्बल हृदय नेता सत्य को छोड़ देते हैं। जनता को ठुकराना उनकी शक्ति के बाहर हो जाता है, वह लोक विचारधारा की ओर झुक जाते हैं।

व्यक्ति शुद्ध हृदय से समाज-सेवा में प्रवृत्त होता है। उसके त्याग और बलिदान से प्रभावित होकर जनता उसे अपने सिर पर उठा लेती है और सत्यासत्य का निर्णय किए बिना ही उसके पीछे हो लेती है। थोड़ी दूर चलने पर नेता को अपनी भूल मालूम पड़ती है, किंतु सुधरने का बस नहीं रहता। उसे यह भय होता है कि प्रतिपादित बात को असत्य कहने पर कहीं पूजा-प्रतिष्ठा में धक्का न लगे, जो घरबार छोड़ देने पर उसकी एकमात्र संपत्ति है। उसकी रक्षा के लिए वह सूझ-बूझ कर असत्य पथ को पकड़े रहता है। इस प्रकार समाज नेता को बाँध लेता है और नेता समाज को। दोनों का विकास रुक जाता है और प्रवृत्ति प्रतिभागी बन जाती है। समय की प्रगति की ओर आँख बंद करके अपना अस्तित्व बनाए रखने के लिए संघर्ष करनवाले हजारों मत और संप्रदाय इसी प्रवृत्ति के परिणाम हैं। संसार का हित-साधन उनका लक्ष्य नहीं रहता। लक्ष्य रहता है केवल अपने अस्तित्व का रक्षण। अपने अहंकार और दंभ का पोषण तथा धर्म के आवरण में स्वार्थ-साधना।

दुर्बल नेता अनुयायियों का रुख देखने लगता है। जो बात उन्हें पसंद नहीं होती, वह न उसे कर सकता है, न कह सकता है। किंतु पूज्य उदयसागरजी में एक विलक्षणता थी। वह उचित बात के लिए समाज से कभी न डरते थे। वह मानते थे, समाज का नेतृत्व समाज की इच्छा पर चलने से नहीं होता। सच्चें नेता का कर्तव्य है—विरोध, अपमान और कष्ट सहते हुए भी सत्य को न छोड़े। वह तो अनुयायियों के सामने नए-नए आदर्श स्थापित करता है, स्वयं उनका अनुयायी नहीं बनता।

जिस व्यक्ति ने हमारे लिए एक बार भी सच्चे हृदय से शुभाकांक्षा प्रकट की, जिसने जीवन को उज्ज्वल बनाने के लिए दिशा-सूचन किया, वह हमारा उपकारी है। उसके उपकार के लिए हमें कृतज्ञ होना ही चाहिए। उसे घृणा की दृष्टि से देखना कृतघ्नता है। इन्हीं बातों को सोचकर पूज्यश्री ने कहा, ''संप्रदाय की मर्यादा मिथ्याभिमान के पोषण में नहीं है। नम्र बनने से कोई छोटा नहीं होता। हम जितने नम्र बनेंगे, उतना ही हमारा और समाज का सम्मान बढ़ेगा। नम्रता मनुष्य को ऊँचा उठाती है। गुण और दोष प्रत्येक व्यक्ति में पाए जाते हैं। हमें गुणों के प्रति ही ध्यान देना चाहिए, दोषों के प्रति नहीं। गुण चाहे किसी में हों, उनका आदर करना चाहिए। जो गुणों का आदर नहीं करता, वह उन्हें नहीं प्राप्त कर सकता।

''किसका हृदय कैसा है, यह हम नहीं जानते। हो सकता है, हम जिसे उत्कृष्ट साधु मानते हैं, उसका हृदय कलुषित हो और वह नैतिक दृष्टि से गिरा हुआ हो। जो ब्रह्माचार में शिथिल मालूम पड़ता है, उसका भी हृदय पवित्र एवं उदात्त हो सकता है। भगवान् महावीर के समय ऐसे साधु वेशधारियों की पूजा होती रही है, जो अवभी थे। क्या उनकी पूजा करनेवाले साधु और श्रावक अपने व्रत से गिर गए।

किसी को पूजने या वंदना करने मात्र से कोई मिथ्यात्वी नहीं बनता। मिथ्यात्वी तभी लगता है, जब दोषों को गुण मान लिया जाए। व्यक्ति तो केवल उसका आश्रय है, जिसे हम इच्छानुसार मान लेते हैं। सम्यकत्व और मिथ्यात्व का आधार गुण और दोष है, व्यक्ति नहीं। व्यक्ति तो बदलता रहता है। आज वह पापी, कल साधु बन सकता है। साधु गिरकर पापी हो सकता

है। क्या वेश बदलने और पट्टी पढ़ लेने मात्र से कोई साधु बन सकता है? क्या इतने मात्र से वह वंदना-योग्य हो जाता है? वंदना उन गुणों की की जाती है, जिसकी आशा हम उस व्यक्ति से करते हैं।

"हम एक धनवान् का इसलिए आदर करते हैं कि उसके पास धन है, यह मिथ्यात्व है। राजा का इसलिए आदर करते हैं कि उसके पास हिंसात्मक शक्ति है, वह मिथ्यात्व है। वासनात्मक प्रेम मिथ्यात्व है।

"यदि एक चोर हमारी सहायता करता है तो उसका भी उपकार मानना चाहिए। इसका यह अर्थ नहीं है कि हम चोरी को प्रोत्साहन देते हैं। हम तो उसका ध्यान उन गुणों की ओर खींचते हैं, जिसके कारण दूसरे अवगुण होने पर भी वह श्रद्धा-भाजन बन गया। चोर को सुधारने का यह सबसे उत्तम उपाय है कि हम उसका ध्यान उन गुणों की ओर आकृष्ट करें, जिनसे वह विश्वासपात्र एवं सम्मानित नागरिक बन सकता है।"

इस प्रकार श्रावकों को समझाकर पूज्यश्री भोपजी स्वामी के पास पहुँचे। पीछे-पीछे साधु तथा श्रावकों का विशाल समुदाय था।

भोपजी उपाश्रय में अकेले बैठे हुए थे। आचार्य को अपने सम्मुख देखकर उन्हें बड़ा आश्चर्य हुआ। उन्होंने पूज्य श्री स्वामीजी के प्रति आदर प्रकट किया और पूर्वाक्त वाक्य के लिए उनका उपकार माना।

स्वामीजी गद्‌गद हो उठे। उनके हृदय में पूज्यश्री की नम्रता, कृतज्ञता और सहज बंधुता के प्रति भक्ति जाग उठी। इतने बड़े संप्रदाय का तेजस्वी आचार्य अनायास कही हुई बात के लिए कृतज्ञता प्रकट कर रहा है। दूसरे के राई सरीखे गुण को उसने पहाड़ बना दिया। आचार्य की गुणग्राहिता के प्रति स्वामीजी का मस्तक झुक गया, साथ ही अपनी शिथिलता पर आत्मग्लानि होने लगी।

उसी दिन से स्वामीजी का जीवन बदल गया। ढोंग तथा दिखावे से घृणा हो गई। वे अपनी शक्ति के अनुसार शुद्ध हृदय से धर्म का पालन करने लगे। जितना करते, उससे कम कहते। दिखावा बिलकुल न रहा। दिन-रात आत्मचिंतन में लगे रहते। अनेक शास्त्रों के अध्ययन तथा हजारों उपदेशों से जिस पर कोई असर न हुआ, वह महापुरुष के क्षण भर के समागम से बदल जाता है। □

भाई-प्रेम

मगध देश में सुग्राम नाम का गाँव था। वहाँ भवदत्त और भवदेव नाम के दो भाई रहते थे। भवदत्त बड़ा था और भवदेव छोटा। बड़े भाई ने प्राचार्य सुस्थित के पास मुनिव्रत ले लिया। उस समय उनकी आयु बीस वर्ष के लगभग होगी। यौवन प्रस्फुटित हो रहा था। हृदय में उत्साह था, उमंग थी, मनसूबे थे और यौवन की अभिलाषाएँ भी थीं। किंतु भवदत्त ने उनके प्रवाह को बदल दिया। उन्हें सांसारिक भोगों से हटाकर त्याग की ओर लगा दिया। वह भोगी के स्थान पर योगी बन गया, विलासिता का स्थान कठोर संयम ने ले लिया।

आचार्य सुस्थित विचरते हुए एक बार देवपुर पहुँचे। देवल वहाँ से दो कोस था। धर्मप्रिय अनगार के कुटुंबी इसी जगह रहते थे। उनका छोटा भाई पवन कुमार भी वहीं रहता था। भाई से स्वाभाविक स्नेह था। आचार्य की अनुमति लेकर वह एक बहुश्रुत साधु के साथ देवल पहुँचे।

पवन कुमार के विवाह की तैयारियाँ हो रही थीं। सारे कुटुंबी उसमें लगे हुए थे। चारों तरफ दौड़-धूप मची थी। एक ओर मिठाई बन रही थी, दूसरी ओर मंडप तैयार हो रहा था। खुशियाँ मनाई जा रही थीं। हर्ष के फौवारे छूट रहे थे। पवन अपने विवाहित जीवन की मधुर कल्पना से मन-ही-मन खुश हो रहा था। शैलबाला आएगी। वह कैसी होगी? उसका स्वागत कैसे कराना होगा? पहले-पहले उसके सामने कैसे वस्त्र पहनकर जाना चाहिए?

प्रथम मिलन के समय वार्तालाप कैसे प्रारंभ किया जाएगा? कहीं कोई भूल न हो जाए और वह मुझे मूर्ख समझने लगे? पवन के मस्तिष्क को कहीं इन्हीं विचारों ने घेर रखा था।

बड़े भाई के आने का समाचार पहुँचा तो वह दुविधा में पड़ गया—भला यह भी कोई उसके आने का समय है! मैं विवाह की खुशियाँ मना रहा हूँ और वह त्याग का उपदेश देने आए हैं। क्या वह किसी और समय नहीं आ सकते थे? क्या वह मेरे रंग में भंग डालना चाहते हैं? स्वयं दीक्षा ले ली तो उनकी मरजी। उन्होंने अपनी इच्छा से ऐसा किया है। मुझे जबरदस्ती क्यों घसीटना चाहते हैं? मुझे सुख क्यों नहीं भोगने देते? फिर भी बड़े भाई हैं, अपमान करना तो उचित नहीं है। फिर विवाह की स्मृतियाँ आईं। यदि उन्होंने त्याग का उपदेश प्रारंभ किया है तो! मैं उस समय उनका उपदेश नहीं सुनना चाहता, अपने इस माधुर्य में कटुता नहीं मिलाना चाहता। मैं अभी स्वस्थ हूँ। मीठा शरबत पी रहा हूँ। वो भी भरकर पीऊँगा। वह नीम खाने को कहेंगे, चिरायता पीने को कहेंगे! मैं क्यों खाऊँ और क्यों पीऊँ?

पवन काफी देर उधेड़बुन में पड़ा रहा। एक झोंका इधर से आता था तो दूसरा उधर से। अंत में यही निश्चय किया कि इस समय नहीं मिलना ही ठीक रहेगा। उसने मिलने से इनकार कर दिया।

धर्मप्रिय को दीक्षा लिये बारह वर्ष हो गए थे। उस समय पवन दस वर्ष का था। चंचल था। मीठा बोलता था। बहुत सुंदर था। उसे देखकर धर्मप्रिय की आँखों में आँसू छलछला आए थे। वह भी 'भाई-भाई' कहकर रो पड़ा था। उनका वह रुदन एवं आँसुओं से भरा मुख धर्मप्रिय को अभी तक याद था। माता-पिता तथा दूसरे सभी बंधुओं से नाता तोड़ देने पर भी छोटे भाई का मोह हृदय के एक कोने में छिपा था। देवपुर आते ही पुरानी स्मृतियाँ नवीन हो गईं। भाई का मोह जाग्रत् हो उठा। वह अपने को न रोक सके और मिलने को चल पड़े।

परंतु पवन कुमार से नहीं मिलने का उत्तर पाकर वह स्तब्ध रह गए। क्या संसार इतना कठोर हो सकता है? क्या वही भाई इस प्रकार का उत्तर दे

सकता है? उन्हें अपने कानों पर विश्वास न हुआ। किंतु बात ठीक थी। उनके न चाहने से वह अन्यथा नहीं हो सकती थी। मुनि उलटे पैरों वापस लौट गए। मोह की गाँठ आघात पाकर खुल गई।

धर्मप्रिय अनगार ने आकर सारी बात आचार्य को सुनाई और आचार्य ने संसार के स्वभाव का वर्णन करते हुए शिष्यों को कहा।

वहीं भवदत्त बैठे थे। उन्होंने मन में सोचा—क्या सभी भाई ऐसे होते हैं? मेरा भाई तो ऐसा नहीं है। क्या मैं भी परीक्षा लूँ?

कुछ दिनों बाद आचार्य सुस्थित विचरते हुए धर्मग्राम पहुँचे। यह स्थान सुग्राम से तीन कोस था। भगदत्त गुरु से पूछकर भाई से मिलने चले।

भवदेव का विवाहोत्सव संपन्न हुए अभी एक सप्ताह से अधिक न हुआ था। दूर के संबंधी चले गए थे। निकट के वहीं थे। नित्यप्रति उत्सव मनाए जा रहे थे। मित्र-मंडली भवदेव को घेरे रहती। कभी जल-विहार का

कार्यक्रम बनता तो कभी वन-विहार का। हँसी-खुशी तथा आमोद-प्रमोद में न दिन के आए का पता लगता, न गए का।

विवाह के पश्चात् होनेवाली रस्में अभी पूरी नहीं हुई थीं। गाँव की युवतियों ने भवदेव और उसकी पत्नी के साथ मजाक करने में कोई कसर नहीं छोड़ रखी थी। दूसरा समय होता तो भवदेव किसी की न मानता। सबको बुरी तरह फटकारता। किंतु अब पालतू बंदर के समान उनकी आज्ञा का पालन कर रहा था। वे कहतीं—उठ, तो उठ जाता। वे कहतीं बैठ, तो बैठ जाता। स्त्री जाति को अपनी इस कुशलता पर गर्व हो रहा था कि उसके पुरुष नाम के उच्छृंखल प्राणी को किस प्रकार वश में कर लिया है? भवदेव उनकी सब आज्ञाओं को वरदान मान रहा था।

जिस समय भवदत्त मुनि सुग्राम पहुँचे, भवदेव पत्नी को आभूषण पहनाने की रस्म पूरी कर रहा था। उन्हें चारों तरफ से युवतियों ने घेर रखा था। मधुर परिहास हो रहे थे, साथ में कटाक्ष भी। भवदेव पत्नी को आभूषण पहना रहा था। उत्सुकता के कारण वह कभी-कभी आँख उठाकर देखता, किंतु फिर नीचे कर लेता।

वधू नागिला परम सुंदरी थी। उसके नील ध्वज विशाल लोचन स्नेह की वृष्टि कर रहे थे। स्मित होंठों पर खेल रही थी। आँखें कुछ देखना चाहती थीं, पर उठती न थीं। होंठ कुछ बोलना चाहते थे, किंतु थिरककर रह जाते थे।

भवदेव ने अँगूठी पहनाई। रंग-रंजित नखोंवाली सीधी तथा नत्बी अँगुलियों को देखा। कंगन पहनाए। कोमल बाहु पर आँखें गईं। गले में हार डाला। इतने में सूचना मिली, भगदत्त मुनि आए हैं और छोटे भाई से मिलना चाहते हैं।

भवदेव उठ खड़ा हुआ। अलंकारों की रस्म जहाँ थी वहीं रह गई। भाभियों ने रोका—देवरजी एक कंठा तो और पहना जाओ। बड़ी उमरवाली महिलाओं ने कहा—इस प्रकार बीच में छोड़ने से अपसगुन होता है। किंतु उसने किसी की न सुनी। 'अभी आता हूँ', कहता हुआ वह सबकुछ बीच में

छोड़कर चला गया।

भाई के दर्शन किए। आँखें आँसुओं से छलछला आईं। भवदत्त भी मोह के वेग को न रोक सके। दोनों भाई एक-दूसरे के आँसू पोंछने लगे।

भवदेव उन्हें भोजन के लिए कैसे कहें? आखिर तो वह मुनि थे। वह पात्र भरने के लिए घी की हँड़िया उठा लाए, किंतु मुनि का पात्र पहले से भरा था। कुटुंबियों ने उसका हृदय से स्वागत किया था।

कुछ देर इधर-उधर की बातें करके मुनि ने चलने की इच्छा प्रकट की। गाँव के लोग पहुँचाने के लिए साथ हो लिये। भवदेव भी घी की हँड़िया कंधे पर रखे उनके साथ चल पड़ा।

कुछ दूर पहुँचाकर गाँव के लोग लौट गए, किंतु भवदेव न लौटा। वह सोच रहा था—बड़ा भाई जब तक अपने आप लौट जाने के लिए न कहे, तब तक कैसे लौटूँ?

मुनि चलते-चलते उपाश्रय में पहुँचे। दूसरे मुनियों ने जान लिया कि साथ में भाई ही होगा। एक ही हँसी में कहा, ''छोटे भाई को दीक्षा दिलाने लाए हो?''

भगदत्त ने हँसी में ही उत्तर दिया—''हाँ।''

भवदेव ने बड़े भाई की 'हाँ' को 'ना' करना उनका अपमान समझा। उसने उसी समय सिद्ध कर दिया। वह वापस न लौटा।

□

संत के शब्द

"किसी साधु का उपदेश मत सुनना। उनके शब्दों को कभी कान में मत पड़ने देना। मेरी यह अंतिम शिक्षा है। बेटा, इसे मत भूलना।" लौहक्षुर ने अपने पुत्र रौहिणेय से मरते समय कहा।

राजगृह के पास वैभारगिरि में एक डाकू रहता था। धन तथा स्त्रियों का अपहरण करना ही उसका व्यवसाय था। नगर के लोग उसके भय से काँपते थे। नाम था लौहक्षुर। उसका पुत्र रौहिणेय भी कुख्यात डाकू बन गया था। प्रत्येक बात में दो कदम आगे था। मरते समय पिता ने उसे उपर्युक्त शिक्षा दी। रौहिणेय ने उसे गाँठ बाँध लिया। एक बार वह राजगृह की ओर जा रहा था। मार्ग में भगवान् महावीर उपदेश दे रहे थे। उसने कानों में अँगुली लगा ली और वेग के साथ चलना शुरू कर दिया।

जब वह समवसरण के ठीक सामने पहुँचा तो पैर में काँटा लग गया। उसे निकालने के लिए वह नीचे झुका तो भगवान् के मुख से निकले हुए शब्द उसके कानों में पड़ गए—"देवों के पैर पृथ्वी को नहीं छूते। उनकी पलकें नहीं झपकतीं। पुष्पमालाएँ नहीं मुरझातीं। शरीर पर पसीना नहीं आता।"

रौहिणेय उन्हें नहीं सुनना चाहता था, किंतु इतने शब्द तो कानों में पड़ ही गए।

राजगृह में प्रतिदिन चोरियाँ होने लगीं। आज किसी सेठ के घर डाका पड़ता तो कल दूसरे के घर। प्रजा ने एकत्र होकर राजा से पुकार की। राजा

क्षेणिक ने अधिकारियों को धमकाया, किंतु वे भी लाचार थे। चोरी के नित्य नए ढंग निकलते। उन्हें पता भी न लगता कि चोर कहाँ से आया है, कहाँ से भाग गया है।

अंत में प्रधानमंत्री अभय कुमार ने चोर पकड़ने का कार्य अपने ऊपर लिया। उसने गुप्त रूप से नगर के सभी द्वारों पर सशस्त्र सैनिकों को तैनात कर दिया। सभी को यह आज्ञा थी कि जो भी अपरिचित व्यक्ति नगर से बाहर निकलता दिखाई दे, उसे पकड़ लो।

रौहिणेय चोरी का माल नगर में ही छिपा देता था। बात ठंडी होने पर धीरे-धीरे अपनी गुफा में ले जाता। जब वह प्रातःकाल निकलने लगा तो खाली हाथ था, फिर भी सैनिकों ने उसे पकड़ लिया।

उसे अभय कुमार के पास लाया गया। किंतु जब तक चोरी न पकड़ी जाए और यह सिद्ध न हो जाए कि वही चोर है, तब तक दंड देना अन्याय है। अभय कुमार ने उससे पूछताछ की। उसने बताया, "मेरा नाम दुर्गचंड है।

शालिग्राम में रहता हूँ। खेती-बाड़ी करके अपना जीवन निर्वाह करता हूँ।''

अभय कुमार ने गाँव में गुप्त रूप से जाँच-पड़ताल करवाई। बात ठीक निकली। दुर्गचंड नाम का एक किसान शालिग्राम में रहता था, उस दिन वह बाहर गया हुआ था। रौहिणेय न समझ-बूझकर उसका नाम लिया था। उसने सभी बातों का उपाय पहले से ही कर रखा था।

अभय कुमार को एक बात और सूझी। उसने रौहिणेय को खाने के लिए ऐसी वस्तुएँ दीं, जिन्हें खाते ही वह बेहोश हो गया। बेहोशी की दशा में उसे एक सजे हुए कमरे में पहुँचा दिया गया। चारों ओर गीत, नाद और नृत्य की व्यवस्था थी। सोलह शृंगार से सजी हुई सुंदरियाँ हाथ बाँधे खड़ी थीं।

रौहिणेय की मूर्च्छा टूटी। वह होश में आया। आँखें खोलीं। कमरे की सज-धज तथा सुंदरियों को देखकर वह आश्चर्य में पड़ गया। सुंदरियों ने निवेदन किया, ''प्राणनाथ! हमारा अहोभाग्य है कि श्रीमान ने मृत्युलोक को छोड़कर स्वर्ग में पदार्पण किया। हमें आपकी बहुत दिनों से प्रतीक्षा थी। इस दिव्य संपत्ति और ऐश्वर्य के आप स्वामी हैं। ये सभी भोग-विलास आपके लिए हैं। हम आपकी दासियाँ हैं। आपकी आज्ञा को अपना अहोभाग्य मानती हैं। आप अपनी इच्छानुसार स्वर्ग का आनंद लीजिए।''

इतने में संगीत और नृत्य प्रारंभ हुए। रौहिणेय को ऐसा प्रतीत होने लगा जैसे वह सचमुच स्वर्ग में पहुँच गया हो। संगीत की मादकता में रौहिणेय अपने को भूल गया।

थोड़ी देर बाद हाथ में रत्नमंडित सुवर्णयष्टि लिये हुए तथा सुंदर वस्त्राभूषणों से विभूषित एक युवक आया। उसके मुख पर तेज था, गति में गंभीरता थी। उसका संकेत मिलते ही नृत्य और गीत बंद हो गए। चारों ओर स्तब्धता छा गई।

युवक ने रौहिणेय के सम्मुख आकर उसका अभिवादन किया और शालीनता से कहा, ''महानुभाव, आपका स्वागत है। हम स्वर्गवासी आपका हृदय से अभिवादन करते हैं। इस लोक का यह नियम है कि प्रत्येक नवागंतुक अपने पूर्व-जन्म के सुकृत और दुष्कृतों का यथार्थ वर्णन करता है। शुद्ध हृदय

से अपना संपूर्ण वृत्त सुना देने के पश्चात् ही वह स्वर्ग में निवास का अधिकारी बनता है। मैं साधर्म देवलोक के स्वामी सुधर्मेंद्र की आज्ञा से यहाँ आया हूँ। आपसे प्रार्थना है कि आप सारा इतिवृत्त सुनाने की कृपा करें।''

रौहिणेय वहाँ के ऐश्वर्य और भोग-विलासों को देखकर चकित रह गया। उसके मन में वहीं निवास करने की लालसा जाग्रत् हो उठी। भला इस सुख को छोड़कर मृत्यु लोक में जाना कौन पसंद करेगा! उसने अपना सारा वृत्तांत सुनाने का निश्चय कर लिया।

इतने में उसे भगवान् महावीर के शब्द याद आए—'देवों के पैर पृथ्वी को नहीं छूते।' ये सभी तो पृथ्वी पर चल रहे हैं।

'उनकी पलकें नहीं झपकतीं।' इन सुंदरियों में तो यह बात नहीं है। इनकी मालाओं के पुष्प भी कुछ मलिन हो गए हैं। नर्तकियों को पसीना भी आ रहा है।

उसे खयाल आया—'कहीं यह धोखा तो नहीं है।' उसने ज्यों-ज्यों विचार किया, अभय कुमार का जाल स्पष्ट होता गया। रौहिणेय ने पूर्वजन्म के वृत्तांत को इस प्रकार सुनाया जैसे वह कोई बहुत भला आदमी रहा हो। उसने अपना नाम वही दुर्गचंड बताया और खेती को अपनी आजीविका।

अभय कुमार का रचा जाल निष्फल गया। चोरी के प्रमाणित न होने के कारण रौहिणेय को छोड़ दिया गया। उसके मन में आया—'अनिच्छापूर्वक सुने गए महावीर के कुछ शब्दों ने मुझे मृत्यु से बचा लिया। यदि मैं उनका पूरा व्याख्यान सुन लेता तो कितना लाभ होता! वह उसी समय भगवान् महावीर की शरण में जा पहुँचा। व्याख्यान सुना। शुद्ध हृदय से अपनी सारी कहानी सुनाई। श्रेणिक राजा भी वहाँ बैठे थे। उन्होंने रौहिणेय के सारे अपराध क्षमा कर दिए। रौहिणेय की आत्मा पवित्र हो गई।

□

वैरागी

"बेटा, मुझे कम दिखाई देता है; किंतु तुम तो देख रहे थे। खिचड़ी के बदले भैंस का बाँटा खा गए।" माँ ने आँखों में आँसू भर कहा।

"माँ, जो पदार्थ भैंस नित्य खाती है, क्या मैं उसे एक बार भी नहीं खा सकता? फिर उसमें तो घी था। मुझे वह बेस्वाद नहीं लगा।" पुत्र ने उत्तर दिया।

उत्तर देनेवाले थे सेठ फकीरचंदजी। जोधपुर राज्य में तींवरी नाम का गाँव है, सेठजी वहीं रहते थे। मध्य प्रांत में अच्छा कारोबार था। लाखों की संपत्ति थी। हजारों का लेन-देन था।

सब तरह से संपन्न एवं समृद्ध होने पर भी सेठजी धर्म की ओर विशेष झुके हुए थे। दिन-रात धार्मिक पुस्तकों के अध्ययन में लगे रहते। कारोबार मुनीमों पर छोड़ रखा था। संत समागम तथा शास्त्रों के पढ़ने में ही सारा समय बीतता। धर्म-रुचि उत्तरोत्तर बढ़ती गई। संसार के भोग नीरस प्रतीत होने लगे। दुनियादारी जंजाल दीखने लगी। मन में दीक्षा लेने की भावना जाग उठी।

एक दिन उन्होंने अपनी अभिलाषा माँ के सामने प्रकट की। भला ममता से भरी हुई माता कैसे अनुमति दे सकती थी! टालने के लिए इतना कह दिया, "तुम्हारे चले जाने पर छोटे बच्चों की देख-रेख कौन करेगा? जब ये बड़े हो जाएँगे, तब देखा जाएगा।"

सेठजी माता की आज्ञा का पालन करना अपना धर्म मानते थे। वह

दीक्षा लेने से तो रुक गए, किंतु मन की प्रवृत्ति को न रोक सके। उसी प्रकार विरक्त रहते हुए सारा समय धार्मिक क्रियाओं में बिताने लगे। माता ने सोचा, यदि इन्हें कारोबार में लगा दिया जाए तो संभव है, मन बदल जाए। गाँव में कोई काम-धंधा नहीं है, इसीलिए मन उचटा रहता है।

उसने सेठजी से कहा, ''बेटा! कुछ दिन शहर में रहकर अपना कारोबार ही देख आओ। सारा काम मुनीमों के भरोसे छोड़कर निश्चिंत नहीं हो जाना चाहिए।'' माता की आज्ञा पाते ही सेठजी ने प्रस्थान कर दिया। वह मध्य प्रांत में अपनी दुकान पर पहुँच गए। नौकरों में धूम मच गई—सेठजी आए, सेठजी आए। मुनीमों ने अपना सारा हिसाब तथा बही-खाता ठीक किया। उन्हें डर था कि कहीं सेठजी देखने न लग जाएँ। किंतु सेठजी दूसरे ही बही-खाते में लीन थे। वह दिन-रात आत्म-चिंतन में लीन रहते।

नौकर पूछते, ''सरकार, भोजन क्या बनेगा?'' सेठजी कोई उत्तर न

देते। बहुत पूछने पर कह देते, "जो बनेगा, खा लूँगा।" थाली में कई प्रकार के स्वादिष्ट पदार्थ परोसे जाते, किंतु उनके लिए सब समान थे। जो हाथ में आता, उसे ही खा लेते। स्वादिष्ट वस्तुएँ रखी रह जातीं और नीरस खा ली जातीं।

जो व्यक्ति आत्मविकास के महामार्ग पर चल पड़ता है, वह सांसारिक भोगों से विचलित नहीं होता। आत्मानंद के सामने वे सभी फीके मालूम पड़ते हैं। वास्तव में देखा जाए तो कष्ट और विघ्न-बाधाएँ उस लंबे मार्ग के काँटे हैं तथा भौतिक सुख विश्राम स्थल हैं। जो पथिक अपने लक्ष्य को प्राप्त करना चाहता है, उसे न तो काँटों से डरकर मार्ग छोड़ना चाहिए और न किसी वृक्ष की ठंडी छाया को देखकर अपनी यात्रा को भूल जाना चाहिए। लक्ष्य चलने से ही प्राप्त होगा। मार्ग में विश्रांति के लिए जितना समय लगाया जाएगा उतना ही लक्ष्य दूर हो जाएगा। सेठजी अपनी यात्रा में सतत जागरूक थे। वह अपनी ही मस्ती में चले जा रहे थे। दुनियादार जहाँ पाई-पाई का लेखा करते हैं, उस ओर उन्होंने आँखें बंद कर रखी थीं। वह उन वस्तुओं को तुच्छ समझते थे। वस्तु का मूल्य व्यक्ति की भावना पर निर्भर है। मानो तो सब कुछ है, न मानो तो कुछ भी नहीं।

मुनीम बही-खाता दिखाते। सेठजी कहते-सुनते रहते, किंतु ध्यान दूसरी ओर ही लगा रहता। सुनाओ तो ठीक, न सुनाओ तो ठीक। उनकी कोई और रुचि थी तो वे थीं धार्मिक क्रियाएँ। भोजन तथा दूसरी बातों में लापरवाही होने से उनका स्वास्थ्य गिरने लगा। माता को मालूम पड़ा तो उसने उन्हें फिर बुला लिया।

हमारी प्राचीन सामाजिक व्यवस्था में धनवान् और दरिद्र तो थे, किंतु रहन-सहन प्राय: सभी का एक-सा था। दोनों हाथ से काम करते थे, एक सरीखा खाते और एक सरीखे मोटे वस्त्र पहनते थे। उस समय आर्थिक वैषम्य विशेष महत्त्व न रखता था। यही कारण है कि उन दिनों मजदूर और पूँजीपति के रूप में दो वर्ग नहीं बने थे। किसी को एक-दूसरे के प्रति जलन न थी। सभी परिश्रम करते थे, सभी सुखी थे।

रसोई बनाना, पानी भरना, चक्की पीसना, चौका-बरतन तथा घर की सफाई स्त्रियों के मुख्य कार्य थे। उनमें भी धनवान और दरिद्र का कोई प्रश्न न था। चक्की पीसना और पानी भरना उनके लिए आनंद का साधन था। कुएँ या जलाशय पर तो प्रतिदिन दोनों समय उनका सम्मेलन-सा होता था। सभी घरों की स्त्रियाँ वहाँ इकट्ठी होतीं और प्रेम-संबंध स्थापित करतीं। फकीरचंद की पत्नी भी प्रतिदिन दोनों समय कुएँ पर पानी लेने जाया करती थी।

मारवाड़ में सायंकाल का मुख्य भोजन है खिचड़ी। एक दिन सेठानीजी खिचड़ी उतारकर पानी लेने चली गईं। पास ही भैंस के लिए बाँटा रखा हुआ था। सेठजी भोजन करने आए। वृद्धा माँ भोजन परोसने लगीं। कम दिखाई देने के कारण खिचड़ी के स्थान पर बाँटा परोस दिया। सेठजी खाकर चले गए।

सेठानी ने आकर देखा—खिचड़ी ज्यों-की-त्यों पड़ी है। पूछने पर सारी बात मालूम पड़ गई। दूसरे दिन सेठजी का उपवास था। वह दिन-रात उपाश्रय में ही रहे। तीसरे दिन घर आए तो माँ ने कहा, ''बेटा, बुढ़ापे के कारण मुझे कम दिखाई देता है तो क्या हुआ! तुम्हें तो दीखता था, खिचड़ी के बदले बाँटा खा गए!''

''माँ, जो वस्तु भैंस नित्य खाती है, क्या मैं उसे एक दिन भी नहीं खा सकता? फिर उसमें तो तुमने घी डाला था। मुझे तो वह बेस्वाद नहीं लगा।''

माँ का हृदय धक्-सा रह गया। वह नहीं जानती थी कि उसका पुत्र इस दशा तक पहुँच गया है। वह समझ गई कि इसे आत्मविकास से रोकना इस पर अत्याचार करना है।

□

पापी

मगध सम्राट् महाराज श्रेणिक का दरबार भरा हुआ था। अत्यंत प्रतिभाशाली राजकुमार अभय कुमार प्रधानमंत्री के आसन पर विराजमान थे। बड़े-बड़े सामंत तथा दरबारी अपने-अपने स्थान पर बैठे थे। प्रजा संबंधी बातें होने लगीं। उसी सिलसिले में श्रेणिक ने पूछा, ''अभय कुमार, क्या तुम यह बता सकते हो कि राजगृह में धर्मात्मा कितने हैं और पापी कितने हैं?''

अभय कुमार ने उत्तर दिया, ''महाराज, इसमें कौन सी बड़ी बात है?''

दूसरे दिन राजगृह में यह घोषणा हो गई, ''महाराज श्रेणिक यह जानना चाहते हैं कि उनके नगर में धर्मात्मा कितने हैं और पापी कितने हैं? इसके लिए नगर के बाहर उद्यान में दो घेरे बनाए गए हैं। जो पापी हों, वे काले घेरे में चले जाएँ और जो धर्मात्मा हों, वे सफेद घेरे में।''

श्रेणिक की आज्ञा को कौन टाल सकता था? सभी नगरवासी घेरों में पहुँच गए। अभय कुमार ने देखा—सफेद घेरा खचाखच भरा हुआ है और काले घेरे में केवल दो व्यक्ति हैं। छानबीन शुरू हुई।

सफेद घेरे में घुसते ही एक वेश्या मिली। अभयकुमार ने पूछा, ''देवी, तुम क्या करती हो? अपने को धर्मात्मा सिद्ध करने के लिए तुम्हारे पास क्या आधार है?''

वेश्या ने उत्तर दिया, ''मंत्रिवर, मैं एक वेश्या हूँ। लोग अन्न और पानी देनेवालों को तो धर्मात्मा कहते हैं और मुझे पापी। पता नहीं यह भेदभाव क्यों

किया जाता है? मेरी दृष्टि में यह सर्वथा अन्याय है। हमारे ही कारण आपके द्वारा बनाई गई सारी मर्यादाएँ टिकी हुई हैं। सतीत्व या पतिव्रत नाम की जिस मर्यादा को आप लोग महत्त्व देते हैं, वह हमसे ही टिकी हुई है। हम अपने ऊपर लांछन सहन करके भी दूसरों के धर्म की रक्षा करती हैं। हम स्वयं कलंकित होकर भी दूसरों को निष्कलंक रखती हैं, स्वयं विष पीकर दूसरों को अमृत बाँटती हैं। समाज हमें घृणित कहता है, पतित कहता है, नीच कहता है। शास्त्रों की मान्यताएँ भी हमारे विरुद्ध हैं। समाज हमें अपना अनावश्यक अंग मानता है और कोसता भी है। मंत्रिराज, समाज की सारी भर्त्सनाएँ सहकर भी हम अपने धर्म पर स्थिर हैं।''

अभय कुमार आगे बढ़ा। एक जुआरी सामने आया। उससे भी वही प्रश्न पूछा गया।

जुआरी बोला, ''राजकुमार, मैं एक जुआरी हूँ। मेरा धंधा सर्वथा निर्दोष तथा अहिंसापूर्ण है। मैं न किसी को मारता हूँ, न पीटता हूँ, न अन्य प्रकार का कष्ट देता हूँ। मुझे अपने धंधे में किसी जीव पर हिंसा नहीं करनी पड़ती। हमारा धन के साथ कोई लगाव नहीं होता। हजारों रुपए खेल-खेल में दे डालते हैं। दुनिया हमें बुरा कहती है, कहे; किंतु हमें अपना धंधा सर्वथा निर्दोष प्रतीत होता है।''

आगे बढ़ने पर शराबी मिला। उसने बताया, ''मेरे पिता बहुत बड़े व्यापारी थे। मेरे लिए लाखों की संपत्ति छोड़ गए हैं। इसलिए अब कमाने की आवश्यकता नहीं है। मैंने संतोष धारण कर रखा है। धन के लिए मारा-मारी नहीं करना चाहता। जो संपत्ति उन्होंने संचित की थी, उसे खर्च करना मेरा काम है। आप जानते हैं, संपत्ति का संचय करना और संचय रखना दोनों पाप हैं। मैं अब उस पाप का परिमार्जन कर रहा हूँ। आर्थिक दृष्टि से भी रुपया घूमता ही रहना चाहिए। उसका कहीं अटके रहना देश की आर्थिक उन्नति में बाधक है। मुझे इस बात का पूरा ध्यान है।

''मंत्रिवर, जब मैं शराब पी लेता हूँ तो अपना सारा सुख तथा दुःख भूल जाता हूँ। मुझे न किसी से राग रहता है, न द्वेष। शत्रु और मित्र बराबर हो

जाते हैं। शराब पी लेने पर मनुष्य अपने संकुचित वातावरण को भूल जाता है, स्वार्थपूर्णता को छोड़ देता है। उस समय वह द्वंद्वातीत अवस्था को पहुँच जाता है। राजकुमार, क्या यह अधर्म है? क्या यह पाप है?"

अभय आगे बढ़े। एक शिकारी मिला। अभय कुमार ने पूछा, "तुम पशुओं को मारते हो, फिर भी इस घेरे में क्यों आए?"

"अमात्यवर, कौन किसको मारता है और कौन किसको उत्पन्न करता है!" शिकारी ने दार्शनिक बनते हुए कहा, "सभी जीव अपने-अपने किए हुए कर्मों के अनुसार भटक रहे हैं। अपना आयुष्य पूरा हुए बिना कोई नहीं मरता। मैं तो केवल निमित्त बना दिया जाता हूँ। "सिंह, व्याघ्र आदि हिंस्र पशु

मार्ग में चलते हुए मनुष्यों को मार डालते हैं।

"राजकुमार, खाना-पीना, उठना-बैठना, चलना-फिरना आदि हमारी प्रत्येक क्रिया में जीव-हिंसा तो होती ही रहती है। यदि थोड़ी सी हिंसा से अधिक लोगों की भलाई हो तो वह पाप नहीं है।"

शिकारी का उत्तर सुनकर अभय कुमार और आगे बढ़े। उन्हें कई और

लंपट मिले, चोर मिले, धूर्त मिले, लुटेरे मिले। सभी ने अपनी-अपनी सफाई पेश की। अभय कुमार सबकी बात सुनता हुआ आगे बढ़ता गया।

सफेद घेरे का चक्कर पूरा करके वह काले घेरे में पहुँचा। वहाँ केवल दो व्यक्ति थे। एक अधेड़ था, दूसरा युवक। दोनों नगर के प्रतिष्ठित धनवान् थे। दोनों अपनी उदारता, ईमानदारी तथा सच्चाई आदि गुणों के लिए दूर-दूर तक प्रसिद्ध थे। उन्हें काले घेरे में देखकर अभय कुमार को आश्चर्य हुआ। उसने युवक की ओर लक्ष्य करके पूछा, ''भद्रपुरुष, आप इस काले घेरे में क्यों खड़े हैं? आपने कौन सा पाप किया है?''

युवक ने कहना प्रारंभ किया, ''मंत्रिराज, मेरे पिता इसी नगर के महासंपन्न व्यक्ति थे। घर में सब प्रकार का सुख था। एक बार हमारा बड़ा जहाज विक्रय वस्तुएँ भरकर विदेश के लिए रवाना हुआ। उसमें हीरे, माणिक्य आदि बहुमूल्य वस्तुएँ थीं। हमारे अतिरिक्त नगर के बड़े-बड़े व्यापारियों का माल लदा हुआ था। रास्ते में तूफान आया और जहाज एक चट्टान से टकराकर डूब गया। उसमें जिन व्यापारियों को माल था, मेरे पिता ने सबका पैसा-पैसा चुका दिया। उन्हीं दिनों इस प्रकार की दो घटनाएँ और हो गईं। हमारे पास कुछ न बचा। मानसिक आघात और अधिक परिश्रम के कारण पिताजी बीमार पड़ गए और फिर न उठे।

''घर में मेरी माता थी, मैं था और दो बहनें थीं। वे विवाह योग्य हो गई थीं। इधर हमारा निर्वाह भी कठिनाई से हो रहा था। एक दिन मेरी माता ने कहा—'बेटा, इस प्रकार कैसे काम चलेगा? गुजारा तो करना ही होगा। मैं एक उपाय बताती हूँ। सेठ जिनदास उपाश्रय में प्रतिदिन सामयिक करते हैं। उस समय वह अपना मोतियों का हार उतारकर रख देते हैं। तुम जाओ और उसे उठा लाओ।'

''मैं सुनकर चकित रह गया। लाखों की संपत्ति जिनके चरणों में लोटती थी उस माता के मुँह से ये शब्द! अभाव किस प्रकार नैतिक पतन का कारण बन जाता है, उसका यह ज्वलंत उदाहरण था। चोरी और धर्म के स्थान में! मुझे चुप देखकर माँ ने फिर वही बात दोहराई। यहाँ तक कह दिया, 'यदि तुम

यह कार्य न करोगे तो मैं अनशन करके मर जाऊँगी।'

"मुझे तैयार होना पड़ा। उपाश्रय में पहुँचा। सेठजी सामयिक में बैठे थे। पास ही हार पड़ा था। मैं हिचकिचाया, किंतु माँ की बात याद आते ही फिर आगे बढ़ा। मेरे सभी अंग काँप रहे थे, सुध-बुध खो बैठा था। किंतु एक अज्ञात प्रेरणा मुझे उस बुराई की ओर बढ़ाए ले जा रही थी।

"मैंने हार उठा लिया। वह कुछ न बोले। मैं घर चला आया और माँ के सामने हार रख दिया। माँ ने फिर कहा, 'इसे उन्हीं सेठजी के पास गिरवी रखकर दस हजार रुपए उधार ले आओ।'

"मैं उलझन में पड़ गया। उनके देखते हुए चोरी की। अब उसी चोरी की हुई वस्तु को, जो उन्हीं की है, गिरवी रखकर उधार लेने जाऊँ। यह भी कोई बात है! वह क्यों देने लगे? हार रख लेंगे और मुझे कोतवाल के हवाले कर देंगे। यदि दयालु हुए तो धक्के देकर निकाल देंगे। हार भी जाएगा और चोर के रूप में प्रसिद्ध भी हो जाऊँगा।

"किंतु माँ न मानी। मुझे जाना पड़ा। सेठजी के यहाँ पहुँचा तो उन्होंने बिना कुछ पूछे दस हजार रुपए दे दिए।

"मेरी आत्मा पर चोट-सी लगी। यदि वह मुझे पकड़वा देते या धक्के देकर निकाल देते तो मैं समझता कि मेरे पाप का प्रायश्चित्त हो गया। उनकी सहानुभूति से वह पाप मेरी अंतरात्मा के सामने प्रचंड रूप में चमकने लगा। मैं भारी पैरों के साथ रुपए लेकर घर चला आया।

"हमने व्यापार किया। भाग्य ने पलटा खाया। अब अवस्था सुधर गई है। सेठजी के रुपए लौटा दिए हैं। हार भी इन्हीं के पास है। फिर भी कुमार, मेरे मन में रह-रहकर पश्चात्ताप हो रहा है। क्या हार उठाकर मैंने पाप नहीं किया? मैं अपने को पापी मानता हूँ और इसीलिए इस घेरे में खड़ा हूँ।"

उसके बाद सेठ जिनदास से पूछा गया। सेठजी ने कहा, "कुमार, मैंने अपने जीवन में एक पाप किया है, उसका मुझे अभी तक पश्चात्ताप है। जब तक उसका प्रायश्चित्त न कर लूँ, मैं अपने को पापी मानता रहूँगा।"

उन्होंने युवक की ओर इशारा करते हुए कहा, "इसके पिता से मेरी

गहरी मित्रता थी। जब उसका देहांत हुआ, मैं इनकी आर्थिक परिस्थिति से पूर्ण परिचित था। मेरे मन में कई बार आया कि इनको सहायता पहुँचाऊँ। किंतु आज-कल करते-करते बात पुरानी पड़ गई और मुझे खयाल न रहा। मेरी आँखें उस दिन खुलीं जिस दिन यह हार उठाकर ले गया। मेरे मन में आया, इसकी चोरी के लिए मैं उत्तरदायी हूँ। मेरा कर्तव्य था कि समय रहते इनकी सहायता करता और यह अवसर न आने देता। अमात्यवर, शक्ति रहते हुए किसी की सहायता न करना क्या पाप नहीं है? कोई बालक मेरा मकान गिरा रहा हो और हम नीचे खड़े देखते रहें, उसे मना न करें तो क्या यह पाप नहीं है?

''राजकुमार, एक सत्यनिष्ठ, धर्मपरायण मित्र के पुत्र को यदि मैं चाहता तो गड्ढे में गिरने से बचा सकता था। मैं आलस्य में पड़ा रहा। मैंने स्थिति की गंभीरता का अनुभव नहीं किया। इसी कारण तो मुझसे यह पाप हो गया।''

□

सुख

"राजन्, तुम स्वयं अनाथ हो, फिर नाथ कैसे हो सकते हो?" मुनि ने सहज गंभीरता के साथ मगध सम्राट् से कहा।

राजगृह के बाहर एक उद्यान था—रंग-बिरंगे पुष्पों से सजा हुआ, विविध प्रकार के फलों से लदा हुआ, वृक्ष तथा लताओं से घिरा हुआ। उसी में मंडितकुक्षि नाम का चैत्य था।

एक दिन मगधाधिपति महाराज श्रेणिक घूमते हुए उधर आ निकले। उद्यान के कोने में देखा—एक योगी पद्मासन लगाए बैठा है। दृष्टि नाक पर जमी है। शरीर के ऊपर का भाग सीधा तना हुआ है। न मन में हलचल है, और न तन में। प्राणवायु भी डर-डरकर चल रही है। ललाट पर विचित्र तेज चमक रहा है, जैसे अंदर-ही-अंदर कोई दिव्य ज्योति प्रकट हुई हो! उसे न राजा के आने की खबर है न और किसी बात की।

योगी की आयु बीस वर्ष के लगभग होगी। शरीर सुंदर तथा गौरवर्ण था। मुख पर तेज चमक रहा था। चारों ओर प्रभा-सी फैल रही थी।

राजा देखकर चकित रह गया—'यह शरीर और यह विरक्ति! इस सौंदर्य का निर्माण योग के लिए नहीं है। क्या यह शारीरिक संपत्ति व्यर्थ गँवा देने के लिए है?' उस अनुपम सौंदर्य को योग-साधना में लगा हुआ देखकर राजा के हृदय में चोट-सी लगी।

वह मुनि के पास बैठ गया। धीरे-धीरे समाधि का समय हुआ। मुनि ने

ध्यान तोड़ा और राजा की तरफ देखा।

राजा ने नम्रतापूर्वक कहा, "मुनिराज, यह भोग की अवस्था में योग कैसा? योग तो वृद्धावस्था की चीज है। आपकी आयु तो ऐश्वर्य भोगने की है। योग के लिए तो इस शारीरिक संपत्ति की आवश्यकता नहीं थी। मुनिव्रत आपके लिए अस्वाभाविक-सा मालूम पड़ता है। इसे वृद्धावस्था के लिए छोड़ दीजिए। मेरे साथ आइए और जीवन का आनंद लीजिए।"

मुनि ने करुणापूर्ण शब्दों में कहा, "राजन्, मैं अनाथ हूँ। संसार में मेरा कोई सहारा नहीं है। इसीलिए मैं धर्म की शरण में आया हूँ।"

"क्या आप अनाथ हैं?" राजा ने विस्मय के साथ कहा, "यदि आप अनाथ हैं तो मैं आपका नाथ बनता हूँ। भला आप सरीखे तेजस्वी एवं सुंदर युवक का आत्मीय कौन न बन सकेगा! आप मेरे साथ चलिए, राजमहलों में रहिए। संसार में ऐसा कोई सुख नहीं, जो आपके लिए अप्राप्य रहेगा। सैकड़ों सेवक और सेविकाएँ आपकी सेवा में उपस्थित रहेंगे, आपकी आज्ञा को

वरदान मानेंगे।"

"राजन्, तुम स्वयं अनाथ हो, फिर मेरे नाथ कैसे बन सकते हो?" योगी ने सहज गंभीरता के साथ उत्तर दिया।

श्रेणिक मुनि के संक्षिप्त उत्तर को सुनकर चकित रह गया। 'क्या यह साधु नहीं जानता कि मैं कौन हूँ? क्या यह मेरी शक्ति से अपरिचित है? शत्रु मेरे नाम से काँपते हैं। मेरे पास विशाल सेनाएँ हैं, बड़े-बड़े योद्धा हैं, हाथी हैं, घोड़े हैं, अक्षय कोष हैं, प्रभुत्व है। मैं विस्तृत साम्राज्य का स्वामी हूँ। कोई मेरी आज्ञा का उल्लंघन नहीं कर सकता। यह साधु मुझे अनाथ क्यों कह रहा है? मालूम पड़ता है, इसने मुझे पहचाना नहीं।"

उसने प्रकट रूप से पूछा, "मुनिराज, संभवतया आपको यह ज्ञात नहीं कि मैं कौन हूँ। मैं मगध का सम्राट् श्रेणिक हूँ। क्या आप मेरी शक्ति से परिचित नहीं हैं?"

"पता है, मगध सम्राट्! मैं आपको भली प्रकार जानता हूँ। किंतु आप अपनी शक्ति की सीमा से स्वयं अपरिचित हैं। जिन वस्तुओं पर भरोसा करके आप गर्व कर रहे हैं, वे संकट आने पर त्राण न दे सकेंगी। वह तो केवल मृग-मरीचिका के समान हैं। भोले प्राणी उनके पीछे भागते-भागते अपना जीवन नष्ट कर लेते हैं।" यह कहकर मुनि ने अपना इतिवृत्त सुनाना प्रारंभ किया।

"मैं कौशांबी का निवासी हूँ। मेरे पिता वहाँ के बहुत बड़े सेठ थे। करोड़ों का व्यापार था। सैकड़ों नौकर-चाकर थे। मेरी पत्नी अत्यंत सुंदरी, आज्ञाकारिणी तथा मृदुभाषिणी थी। भोग-विलास के सभी साधन प्रस्तुत थे। माता-पिता, भाई-बहन आदि सभी आत्मीय मुझे हृदय से प्यार करते थे।

"एक दिन मेरी आँख दुखने लगी। औषधोपचार किया, किंतु पीड़ा बढ़ती ही गई। मैं असह्य वेदना से छटपटाने लगा।

"पिता वैद्यों को बुलाने में लगे हुए थे। धन को पानी के समान बहाया जा रहा था। वह बार-बार कहते थे, 'मेरे पुत्र की पीड़ा दूर कर दो, चाहे मेरी सारी संपत्ति ले लो।' दूर-दूर के अनुभवी चिकित्सक आए और चले गए, किंतु पीड़ा कम न हुई।

"माता मेरे सिर पर हाथ रखे बैठी रहती। उसकी आँखों में आँसू थे और मुख पर विवशता। सारी मनौतियाँ मना लीं। सारे सिद्ध-फकीरों को बुलाया, जिसने जो कहा, किया; किंतु पीड़ा ज्यों-की-त्यों बनी रही। असहाय होकर मेरे सिरहाने बैठी रहने के अतिरिक्त उसके पास कोई चारा न रहा।

"मेरी पत्नी मेरे चरणों में सिर रखकर आँसू बहाया करती। बहनें तथा भाई आर्द्र-नयन होकर खड़े-खड़े देखते रहते। नौकर-चाकर दिन-रात दौड़-धूप करते। किंतु कोई लाभ न हुआ।

"मेरे मन में आया, मानव जीवन कितना असहाय है। मनुष्य अपने सुख के लिए ऊँचे-ऊँचे महल खड़े करता है, अनेक प्रकार के रिश्ते जोड़ता है। समझता है—यह मेरा पिता है, यह माता है, भाई है, बहनें हैं, पत्नी है। समय आने पर मेरे काम आएँगे। किंतु वे खड़े रह जाते हैं और उनके स्नेह का केंद्र तड़पता रहता है। कोई भी उसे दुःख से उबारने में समर्थ नहीं हो पाता। न उसके दुःख को कोई बाँट सकता है। जिस पर आती है, उसी को भुगतना पड़ता है। धन-संपत्ति, नौकर-चाकर, सेना-संबंधी आदि सभी व्यर्थ हो जाते हैं। कोई उसे सुखी नहीं कर सकता।

"सोचते-सोचते ध्यान आया—'सुख का स्थान तो आत्मा है, बाह्य वस्तुएँ नहीं हैं। वास्तविक सुख प्राप्त करने के लिए आत्मा में रमण करने की आवश्यकता है। मुझे बाह्य वस्तुओं से विमुख होकर आत्मतत्त्व की खोज में लगना चाहिए।'

"यह सोचते-सोचते मुझे नींद आ गई। पीड़ा भी कम प्रतीत होने लगी। प्रातःकाल उठा तो पीड़ा मिट चुकी थी, किंतु रात की बात मैं न भूल सका।

"उसी दिन घर बार छोड़कर मैंने यह व्रत ले लिया—राजन्! अब मैं सुखी हूँ।"

□

अनोखा मंत्र

महात्मा ने दासियों को टालने के लिए कागज का पुरजा उठाया और जल्दी से कुछ घसीट दिया। दासियाँ उसे ही मंत्र समझकर खुश होती हुई चली गईं। मारवाड़ के ऐतिहासिक नगर मेड़ता में स्वामी लाभानंदजी महाराज रहते थे। वह बहुत बड़े योगी थे। सदा अपने में मग्न रहते। न किसी से लाग, न लपेट। उनकी सिद्धि के विषय में लोग तरह-तरह की बातें किया करते। दूर-दूर तक उनके चमत्कार की धूम मची हुई थी। किंतु वस्तुस्थिति से बहुत थोड़े लोग परिचित थे।

सच्ची या झूठी किसी बात को सुनकर मान लेना जितना स्वाभाविक है, उतनी उसकी छानबीन नहीं। मान लेने में आनंद आता है और छानबीन शुरू करने में मन पर बोझ-सा लद जाता है। मानव हृदय सरलता चाहता है, विश्राम चाहता है। सुनी हुई बात पर संदेह करने पर मन उलझ जाता है, उसे सुलझाने में परिश्रम करना पड़ता है। कोई नई बात दूसरे को सुनाने का आनंद उसे ही प्राप्त हो सकता है, जो विश्वास करना जानता है। कैसी भी बात हो, विश्वास करनेवाले मिल ही जाएँगे और फिर उसे फैलते देर नहीं लगती।

स्वामी लाभानंदजी के विषय में लोग कई तरह की बातें किया करते थे। कोई उनके वचन में सिद्धि बताता, कोई उन्हें मंत्रवादी कहता। किंतु स्वामीजी को इनसे वास्ता न था। वह तो सच्चे योगी थे। आत्मचिंतन में लीन रहते। चमत्कार को वह आत्मविकास में बाधक मानते थे। आत्मतत्त्व के

समान वह भी जनता के लिए रहस्य बने हुए थे।

मेड़ता-नरेश की दो रानियाँ थीं। राजा स्वाभाविक रूप से छोटी रानी को अधिक चाहता था। उसने बड़ी रानी के पास आना-जाना भी बंद कर दिया।

बड़ी रानी श्रद्धालु थी। पति की उपेक्षा उसे खटकने लगी। राजा को आकृष्ट करने के लिए उसने कई प्रयत्न किए, किंतु सफलता न मिली।

अंत में रानी का ध्यान स्वामी लाभानंद की ओर गया। उसने अपनी करुण कथा का वर्णन करते हुए एक पत्र लिखा और स्वामीजी से प्रार्थना की, ''कोई ऐसा मंत्र दीजिए, जिससे राजाजी मुझ पर प्रसन्न हो जाएँ।''

दासियाँ पत्र लेकर स्वामीजी के पास पहुँचीं। उन्होंने रानी की ओर से मौखिक निवेदन भी किया और मंत्र देने के लिए अत्यंत आग्रह किया।

स्वामीजी अपने आध्यात्मिक भजन लिख रहे थे। दासियों की प्रार्थना पर वे स्तब्ध-से रह गए। उन्होंने बहुत कहा कि मैं मंत्र नहीं जानता। किंतु

दासियाँ न मानीं। वे यही समझती रहीं कि स्वामीजी टाल रहे हैं। अंत में उन्होंने टालने के लिए कुछ घसीट दिया। दासियाँ उसे ही मंत्र समझकर खुश होती हुई चली गईं।

रानी ने मंत्र को पढ़ना अनुचित समझा। कागज को बिना खोले ही सीधे ताबीज में मढ़वा लिया और अपनी बाँह पर बाँध लिया।

उसी दिन अचानक राजाजी बड़ी रानी के महल में चले आए और स्नेहपूर्ण बातें करने लगे। रानी ने यह सब मंत्र का प्रभाव समझा। बातचीत के सिलसिले में उसने कहा, "यह मंत्र का ही प्रभाव है कि आज दासी पर इतनी कृपा हो रही है। नहीं तो महाराज कब पसीजने वाले थे!" राजा के पूछने पर रानी ने सारा हाल सुना दिया।

राजा को आश्चर्य हुआ। उसे आशा न थी कि लाभानंद सरीखे आत्मनिष्ठ योगी औरतों को वशीकरण मंत्र भी देते हैं। वह लाभानंदजी के पास गए। स्वामीजी ने साफ इनकार कर दिया, "मैंने कोई मंत्र नहीं दिया।" अंत में ताबीज मँगवाकर खोला गया। कागज पर लिखा हुआ था—'राजा बड़ी रानी पर खुश रहें तो लाभानंद को क्या और नाराज रहें तो लाभानंद को क्या?'

यही स्वामी लाभानंदजी आगे जाकर महायोगी 'घनानंद' के नाम से प्रसिद्ध हुए।

□

आराधना

देवदत्ता दासी होने पर भी अनिंद्य सुंदरी थी। उसके रूप की चर्चा दूर-दूर तक फैली हुई थी। वह बाल्यकाल से ही रानी प्रभावती के पास रही थी। इस कारण महाराज उदयन की भी विशेष कृपा थी। जब वह बड़ी हुई तो प्रभावती का देहांत हो गया। उदयन शोक सागर में डूब गए। वह प्रौढ़ अवस्था को प्राप्त हो चुके थे। इस आयु में जीवन साथी का होना अपरिहार्य है। इस प्रकार स्नेह का परिपाक होने पर जब साथी का वियोग होता है तो पूर्ति असंभव हो जाती है।

प्रभावती का वियोग होने पर राजा ने देवदत्ता को दासी के कार्य से मुक्त कर दिया। वह एक परिवार का अंग मान ली गई थी। उसके लिए कर्तव्य कुछ न था, सुविधाएँ सभी थीं। राजा के लिए वह प्रभावती का एक अवशेष थी। वह उसे सदा प्रसन्न देखना चाहते थे।

किंतु उसे इतने मात्र से संतोष न था, राजा के द्वारा दी गई सुविधाएँ उसके लिए साधारण-सी बात बन गई थीं। सुखी व्यक्ति अपने भूतकाल को भूल जाता है और नए-नए भविष्य की कल्पना किया करता है। इसके विपरीत दुःखी को रह-रहकर भूतकाल याद आता है। उसका ध्यान भविष्य की ओर नहीं जाता। यदि दुःखी भविष्य का ध्यान रखे तो उसका दुःख कम हो जाए और सुखी भूत का याद रखे तो उन्मत्त भी न बने। एक दासी के लिए राजसी सुविधाएँ प्राप्त होना बहुत बड़ी बात थी, किंतु देवदत्ता अपने भूतकाल को

भूल गई थी। वह तो हृदय की रानी बनना चाहती थी।

अवंती के राजा चंद्रप्रद्योत ने देवदत्ता के रूप की प्रशंसा सुनी। जो व्यक्ति जिन बातों का इच्छुक रहता है, उसे उनका पता चल जाता है। चंद्रप्रद्योत रूप का पुजारी था। उसके दरबार में यह चर्चा प्रतिदिन हुआ करती थी। एक दिन किसी नवागंतुक ने देवदत्ता का वर्णन किया। राजा ने उसे देखने का निश्चय किया। चंद्रप्रद्योत गुप्त रूप से वीतभय नगर पहुँचा। उसने देवदत्ता को देखा और देवदत्ता ने उसको। दोनों अनिल-वेग नाम के हाथी पर बैठे और अवंती पहुँच गए।

प्रात: होते ही देवदत्ता की खोज प्रारंभ हुई। गुप्तचर दौड़ाए गए। चंद्रप्रद्योत द्वारा किए गए अपहरण का पता लगा। उदयन को यह अपना अपमान प्रतीत हुआ। यदि चंद्रप्रद्योत उदयन से देवदत्ता की माँग करता ओर देवदत्ता भी अपनी इच्छा प्रकट करती तो संभव था, वह स्वयं उसे दे देते। किंतु इस प्रकार अंत:पुर से एक कन्या का चले जाना उन्हें उचित प्रतीत न हुआ।

उदयन ने चंद्रप्रद्योत पर चढ़ाई कर दी। दोनों में भयंकर युद्ध हुआ। चंद्रप्रद्योत पकड़ा गया। उदयन ने उसके ललाट पर 'दासीपति' लिखवा दिया और अवंती को अपने सैनिकों के अधीन करके वीतभय नगर की ओर प्रस्थान किया।

वर्षा के कारण मार्ग में कुछ दिन रुकना पड़ा। वहीं पर्युषण पर्व आ गया। उदयन भगवान् महावीर का अनुयायी था। बंदी होने पर भी चंद्रप्रद्योत के प्रति उसका व्यवहार भद्र था। संवत्सरी के दिन उसने प्रतिक्रमण किया, अपने पापों की आलोचना की। संसार के समस्त प्राणियों से क्षमा प्रार्थना की। पृथ्वी से लेकर मनुष्य तक सभी प्राणियों की गिनती करने के बाद उसने कहा—

खामेमि सव्वे जीवा सव्वे जीवा खिमंतु मे।
मित्ती में सव्वभूएसु बरें मच्झ न केणई॥

पाठ पढ़ते समय उसके मन में आया, मैं किनसे क्षमा माँगता हूँ। जिनका मैंने कुछ भी नहीं बिगाड़ा? वास्तविक क्षमा तो मुझे उससे माँगनी चाहिए जिसका राज्य छीनकर बंदी बना लिया है। उससे क्षमा-प्रार्थना किए बिना मेरी पर्व की अराधना अधूरी है।

वह चंद्रप्रद्योत के पास गया, क्षमा माँगी; किंतु चंद्र चुप रहा। उसके मन में अपमान की आग सुलग रही थी। उदयन उसके पैरों में गिर पड़ा। उसने कहा, "भाई, मुझे क्षमा कर दो। यदि आप मुझे क्षमा न करेंगे तो मेरी आराधना अधूरी रह जाएगी।"

"क्षमा प्राप्त करने से पहले क्षमादान होना चाहिए।" चंद्र ने उत्तर दिया।

"हाँ, क्षमादान। मैंने क्षमा कर दिया।" उदयन ने शीघ्रता से कहा।

"मेरा राज्य छीनकर और मुझे बंदी बनाकर आपने मुझे दंडित किया है। क्या दंड को ही क्षमा कहते हैं?"

"आप ठीक कहते हैं। मैं भ्रम में था। दंड और क्षमा में तो परस्पर

विरोध है। मैंने आपको मुक्त किया। आप अपना राज्य सँभालिए! अब आप मेरे समकक्ष एक राजा हैं, मेरे बंधु हैं। अब तो क्षमा प्रदान कीजिए।''

''मेरे ललाट पर 'दासीपति' अंकित करके आपने मुझे सदा के लिए अपमानित किया है। इस दंड का उद्धार कैसे होगा?''

उदयन विचार में पड़ गया। ललाट पर अंकित अक्षरों को मिटाना अशक्य था।

उसने कहा, ''बंधुवर, मुझसे यह बहुत बड़ी भूल हुई है। इसके लिए आप मुझे जो चाहें वह दंड दे सकते हैं। आवेश में आकर ऐसा कर बैठा। मुझे इसके लिए पश्चात्ताप हो रहा है। आप मेरे समस्त राज्य को ले लीजिए, किंतु क्षमा कर दीजिए।''

उदयन अपराधी की भाँति क्षमा माँग रहा था और चंद्रप्रद्योत क्षमा देनेवाला था। क्षमा करना या न करना उसके हाथ की बात थी। धीरे-धीरे उसका हृदय भी पिघला। आँखों से आँसू टपकने लगे। दोनों गले लगकर एक-दूसरे से मिले। उदयन ने चंद्र से क्षमा माँगी और चंद्र ने उदयन से। उदयन ने चंद्र को क्षमा प्रदान की और चंद्र ने उदयन को।

□

दासी-पुत्र

चिलाती घनवाह सेठ की दासी थी। उन दिनों दासी-प्रथा प्रचलित थी। दासी भी एक संपत्ति है। मालिक का उस पर पूर्ण अधिकार है। उसे स्वतंत्र रूप से कार्य करने का किसी प्रकार का अधिकार नहीं है। जब मनुष्य ने पैसे को सार्वभौम सत्ता दे दी है तो उसके विरुद्ध बोलनेवाला दंडनीय है।

चिलाती किशोर अवस्था में ही दासी बना ली गई थी। सेठजी की उसपर विशेष कृपा थी। उसे एक पुत्र उत्पन्न हुआ। बालक सुंदर तथा होनहार प्रतीत होता था। किंतु किसी ने भी यह जिज्ञासा प्रकट न की कि इसका पिता कौन है, क्योंकि दासियों की संतान के विषय में ऐसा कुतूहल किसी को न होता था।

इससे पहले कनकदास के यहाँ भी पुत्र उत्पन्न हुआ था, जिसके उपलक्ष्य में ढोल बजते रहे, बधाइयों का ताँता लगा रहा। ऐसा प्रतीत होता था जैसे सारे नगर को अतुल्य निधि प्राप्त हुई है। एक बालक के जन्म पर सामूहिक हर्ष मनाया जा रहा है तो दूसरे की कोई परवाह ही नहीं है।

बालक का नाम भी नहीं रखा गया। लोग इतना ही जानते थे कि वह चिलाती का बेटा है। इसलिए उसे 'चिलाती-पुत्र', कहने लगे। गली के बालक उसे 'चिलाती-पुत्र' कहकर पुकारते और अंदर-ही-अंदर आनंद का अनुभव करते। उसकी अस्मिता को पोषण मिलता। वे मन-ही-मन कहते, 'हम कुलीन हैं और यह दासी का बेटा है।'

सेठजी के एक पुत्री थी। वह चिलाती-पुत्र के समवयस्क थी। नाम था

सुषमा। चिलाती-पुत्र सोचता—गली के सभी बालक सुंदर-सुंदर नाम से पुकारे जाते हैं, मेरा कोई नाम ही नहीं है। जिस घर में सुषमा पैदा हुई उसी घर में मैं भी पैदा हुआ हूँ। केवल इतना ही तो अंतर है कि मेरी माता दूसरी है और उसकी माता दूसरी। मैं सुषमा से किस बात में कम हूँ, फिर भी मेरा घर में कोई अधिकार ही नहीं है। सुषमा मालकिन है और मैं दया का पात्र हूँ। बालक के इन प्रश्नों का उत्तर देनेवाला कोई न था। जब वह किसी से पूछता तो एक ही उत्तर मिलता—तू दासी का पुत्र है।

जब वह चार वर्ष का हुआ, उसकी माँ का देहांत हो गया। प्यार और अधिकार का एकमात्र सहारा भी टूट गया। माँ की गोद में बैठकर वह गर्व का अनुभव किया करता था। उस समय दूसरे बालकों को प्राप्त सभी वस्तुएँ वह तुच्छ समझता था। वह मन-ही-मन कहता, उनके पास ऐसी माँ कहाँ है। उसे अपनी माँ सबसे अच्छी लगती। उसे देखकर वह सबकुछ भूल जाता। वहाँ वह अपना अधिकार मानता था। वहाँ ममता और प्यार का स्रोत था। सभी आभाओं की पूर्ति उससे हो जाती। माँ के वियोग से उसके कोमल हृदय को आघात पहुँचा। वह अपने को अभागा मानने लगा। उसने अपने को कुलीन समझनेवाले अस्मिता से भरे हुए बालकों के साथ खेलना छोड़ दिया। उसे ऐसा प्रतीत होता जैसे उनमें और उसमें सचमुच कुछ भेद है।

हीन भावना से दबी हुई आत्मा सम्मान खोजती है। चिलाती-पुत्र ऐसे सम्मान को खोजने लगा, जहाँ जन्मक्रम वैषम्य न हो। जहाँ व्यक्ति का स्वागत माता-पिता के कारण नहीं अपितु अपने ही कारण हो। वह इसी तलाश में घर से निकल पड़ा। ऐसी मान्यता का आधार कोई बौद्धिक या शारीरिक दोष नहीं होता। इस दृष्टि से देखा जाए तो बहुत से उपेक्षित बालक उनकी अपेक्षा श्रेष्ठ होते हैं, समाज जिनके चरण पूजता है। चिलाती-पुत्र को कुछ ऐसे साथी मिल गए, जिनके लिए घर में कोई आकर्षण नहीं था। वह उनकी टोली में सम्मिलित हो गया। दिन भर इधर-उधर भटकना, लड़ना-झगड़ना तथा गालियाँ देना और सुनना उसका दैनिक जीवन बन गया था। समाज जिन नियमों को अच्छा मानता है, उनको तोड़ने में उसे रस आने लगा।

सेठजी भी चाहते थे कि वह शरीफ बने। किंतु उसे शराफत से नफरत हो गई थी। वह शराफत का सही मतलब समझता था कि पूँजीपतियों की ताड़ना सहना। भूख लगने पर रोटी न माँगना। गाली खाकर भी हुजूर कहना। वास्तव में देखा जाए तो गरीब का कोई अधिकार नहीं होता है। दासी-पुत्र के लिए शिक्षा और संस्कार का प्रश्न ही नहीं खड़ा होता। वह दासी का पुत्र है, इसलिए उसके लिए दास बनना अनिवार्य है। चिलाती-पुत्र का हृदय समाज की यह व्यवस्था मानने को तैयार न था।

सुषमा माँ-बाप की लाडली बेटी थी। बड़े भाई भी बहुत चाहते थे। उसकी हर माँग पूरी की जाती। उसके लिए अभाव केवल एक शब्द था, फिर भी वह यह न समझ सकी कि चिलाती-पुत्र उसी घर का बालक होने पर भी उपेक्षित क्यों है? उसका सरल हृदय उस भेदपूर्ण व्यवहार का कारण जानना चाहता था, किंतु किसी से भी संतोषजनक समाधान न मिलता।

जब हम देखते हैं कि किसी व्यक्ति पर अन्याय हो रहा है तो उसके प्रति स्वाभाविक सहानुभूति उत्पन्न हो जाती है। मानव हृदय वैषम्य नहीं देखना चाहता। इसी प्रकार किसी पंडित को देखकर हमारे हृदय में अशांति उत्पन्न होती है। उसके प्रति दया, सहानुभूति होती है।

सुषमा चिलाती-पुत्र के साथ खेला करती। उसका मन रखने के लिए सेठ और सेठानी कोई आपत्ति न करते। वह कई बार लड़ती-झगड़ती, किंतु डाँट-डपट चिलाती-पुत्र को ही पड़ती। सुषमा जानकर शरारत करती, किंतु दोषी चिलाती-पुत्र को ही ठहराया जाता। इससे वह मन-ही-मन में कुढ़कर रह जाता। किंतु सुषमा को भी प्रसन्नता न होती। कई बार तो बालक जान-बूझकर तूफान करता और चाहता कि कोई उसे रोके। पर सुषमा की यह इच्छा अपूर्ण ही जाती। वह मन-ही-मन चिलाती-पुत्र के प्रति होनेवाले अन्यायपूर्ण व्यवहार के लिए माता-पिता को दोषी ठहराती, हृदय सहानुभूति से भर जाता। धीरे-धीरे सहानुभूति प्रेम में परिणत होने लगी। वह उसके खान-पान और सुख-सुविधाओं का ध्यान रखने लगी। अपने खाने की चीजें उसके लिए बचाकर रखती। वह चला जाता तो मन न लगता। उसके साथ

बातें करने में सुख अनुभव करती। देर से आता तो पूछताछ करती, डाँटती, रूठ जाती। वह उसपर अपना अधिकार मानने लगी थी; किंतु यह पूँजी अधिकार न था। मानने की इच्छा न हो तो भी चिलाती-पुत्र उसका कहना मान ही जाता। उसे मानने में कुछ सुख प्रतीत होता था। सुषमा से बातचीत करके उसे भी रस आता। फिर क्षण भर घर का वातावरण सामने आता और मन उचाट हो जाता। बाहर के साथियों से मन ऊब जाता तो फिर सुषमा की याद आती और खिंचा चला आता।

क्रमशः दोनों ने किशोरावस्था में पदार्पण किया। सेठजी अब नहीं चाहते थे कि सुषमा चिलाती-पुत्र के साथ मेल-जोल बढ़ाए। जब कभी दोनों को वार्त्तालाप करते देखते तो चिलाती-पुत्र को कहते, "तुम दासी के पुत्र हो, सुषमा तुम्हारी मालिक की पुत्री है। तुम दोनों का मिलना-जुलना ठीक नहीं है।" सुषमा को भी समझाते। किंतु उन दोनों पर किसी प्रकार का प्रभाव नहीं पड़ता।

एक दिन चिलाती-पुत्र को अपने साथियों के साथ खेलते देर हो गई। जोर से भूख लगने पर वह घर की ओर चल पड़ा। रसोई बंद हो चुकी थी। किंतु सुषमा ने उसके लिए कुछ खाना रख लिया था। उसने पहले तो नाराजगी जाहिर की, फिर भोजन लेने अंदर चली गई।

इतने में सेठजी आ गए। देखा—सुषमा भोजन लेकर जा रही है। उसे यह झुकाव अच्छा न लगा। क्रोध में आकर डाँटना शुरू किया—दासी के पुत्र होकर तुम सुषमा को अपनी ओर खींच रहे हो। मैं तुम्हें कितनी बार अलग रहने के लिए कह चुका हूँ। मेरे घर में रहकर मेरी ही पुत्री के साथ यह व्यवहार। मैं तुम्हारा मुँह नहीं देखना चाहता हूँ। मेरे घर से निकल जाओ। आज तक बालक समझकर क्षमा करता रहा। अब तुम्हारे लिए यहाँ स्थान नहीं है।

चिलाती-पुत्र को सेठ की बात चुभ गई। वह उसी समय उठ खड़ा हुआ। सुषमा ने बहुत आग्रह किया, किंतु चला गया और फिर न लौटा।

उस दिन के बाद चिलाती-पुत्र नगर में भी दिखाई नहीं दिया। उसका कोई साथी मिल जाए तो सुषमा पूछती। कोई कहता—वह वैभारगिरी की गुफाओं में रहन लगा है तो कोई कहता—वह डाकू हो गया, कोई कहता—वह मर गया है।

सुषमा के विवाह की तैयारियाँ होने लगीं। पाटलिपुत्र के सार्थवाह का पुत्र कनकरुचि अत्यंत व्यापार कुशल था। उसने पिता का सारा व्यवसाय सँभाल लिया था। दोनों पक्ष विशाल तैयारियाँ कर रहे थे। किंतु सुषमा का मन अशांत था। वह चिलाती पुत्र को खोजना चाहती थी। विवाह की तिथि जैसे-जैसे समीप आ रही थी, उसकी अशांति बढ़ रही थी।

धनावह ने स्वागत की तैयारियाँ कीं। तोरण द्वार सजाए गए। दहेज में देने के लिए अनेक चीजें एकत्रित कीं। नए-नए आभूषण बनवाए। स्त्री की टोलियाँ देखने के लिए आने लगीं। सभी सेठजी की संपत्ति देखकर आश्चर्य में पड़ जाते, किंतु सुषमा अभी भी बेचैन थी।

बरात आई और जनवासे में ठहर गई। विवाह का मुहूर्त सूर्यास्त के पश्चात् था।

गोधूलि के समय नगर में एकाएक हाहाकार मच गया। घरों के दरवाजे बंद होने लगे। चारों ओर से भागो-भागो की अवाज आने लगी। पलक मारते ही धनावह का घर डाकुओं से घिर गया।

सरदार ने कहा—"सबके सब जहाँ खड़े हो वहीं बैठ जाओ।" सरदार धनुष पर तीर चढ़ाए इधर-उधर घूमने लगा। साथी धन की गठरियाँ बाँधने लगे, किंतु सरदार की आँखें कुछ और ही खोज रही थीं। उसकी दृष्टि एक कोने में गई। वहाँ विवाह के वस्त्राभूषणों से सुसज्जित सुषमा सिमटी हुई बैठी थी। सरदार ने जाकर कहा, "मैं तुम्हें लेने आया हूँ। चलो मेरे साथ।"

सुषमा भय से काँप रही थी। चिलाती-पुत्र की आवाज सुनकर मन में विचित्र भाव उठने लगे, किंतु वहाँ अधिक विचार करने के लिए समय नहीं था।

साथियों ने धन की गठरियाँ बाँधकर सिर पर रखीं और जंगल की राह ली। चिलाती-पुत्र सुषमा को लिये पीछे-पीछे चल रहा था। थाने में खबर दी गई, नगर का कोतवाला सिपाहियों की टुकड़ी के साथ आ पहुँचा। सेठजी को धन की उतनी चिंता न थी जितनी सुषमा की।

पीछा करते-करते दिन निकल आया। आगे-आगे सुषमा को लिये हुए चिलाती-पुत्र भाग रहा था। पीछे-पीछे धनावह सेठ और पुलिस। धूप कड़ी थी। सुषमा अचेत हो गई। चिलाती-पुत्र ने उसको होश में लाने के लिए काफी प्रयत्न किए परंतु सभी व्यर्थ। इतने में पुलिस और सेठ आते दिखाई दिए। इस अवस्था में उठकर भागना अशक्य था। उसे अपने प्राणों का भय नहीं था, किंतु वह सुषमा को नहीं जाने देना चाहता था। सशस्त्र पुलिस के साथ धनावह बढ़ा आ रहा था। सुषमा और चिलाती-पुत्र को ठहरते देखकर उसके पैरों में दुगुना बल आ गया था।

निराशा क्रोध को जन्म देती है। मनुष्य जब किसी वस्तु को स्वयं नहीं प्राप्त कर सकता तो चाहता है, वह दूसरों को भी न मिले। उसने देखा, अब सुषमा उसके पास नहीं रह सकती। फिर क्रोध आया—'सुषमा मेरी है, उसे कौन छीन सकता है? यह मेरी है, दूसरे की नहीं हो सकेगी।' उसने खड़ग उठाया और एक ही प्रहार से सुषमा का सिर धड़ से अलग कर दिया। खून

टपकते हुए छिन्न मुंड को हाथ में उठाकर वह आगे चल पड़ा।

धनावह वहाँ पहुँचा जहाँ सुषमा का शरीर पड़ा था। अब भी उस पर विवाह के वस्त्र तथा आभूषण चमक रहे थे। किंतु वे भय उत्पन्न कर रहे थे। वह पहले से ही थका हुआ था। पुत्री के वियोग ने विह्वल बना दिया। अशक्त होकर वहीं गिर पड़ा, आगे बढ़ने की सामर्थ्य न रही।

चिलाती-पुत्र सिर को हाथ में लिये दौड़ा जा रहा था। उसके हृदय में भयंकर तूफान मचा हुआ था। आँखों से आग बरस रही थी। उसे मानवमात्र से घृणा हो गई थी। वह सारी दुनिया को भस्म कर डालना चाहता था। उसका रूप देखकर जंगली पशु भयभीत होकर भाग खड़े होते।

सुषमा के सिर को हाथ में लिये वह विक्षिप्त अवस्था में भटक रहा था। वास्तव में देखा जाए तो अपनी स्वार्थपूर्ति के लिए दूसरों के अधिकारों को कौन नहीं छीनता? किसी को खरीदना, गुलाम बनाना, वैयक्तिक तथा सामाजिक अधिकारों से वंचित करना, डाका ही तो है। चिलाती-पुत्र अपने सामाजिक तथा वैयक्तिक अधिकारों को लुटा चुका था। यदि हृदय की बात कही जाए तो सुषमा उसकी थी।

अचानक वह ठिठक गया। उसने सामने एक ध्यानस्थ योगी को देखा। उसके ललाट पर दिव्य तेज था। मुख पर शांति तथा प्रेम विराज रहे थे। दृष्टि नाक पर जमी थी। चिलाती-पुत्र को उसमें कुछ आत्मीयता-सी दिखाई दी। मन में विचार आया, यह व्यक्ति भी समाज के द्वंद्वों से त्रस्त हो यहाँ आया है। फिर भी इसके मन में शांति है। मेरे मन में आग धधक रही है। इसे मार्ग मिल गया है और मैं पथभ्रष्ट हूँ। चिलाती-पुत्र के पैर अपने आप उस ओर बढ़ चले। महात्मा के पास जाकर वह चुपचाप बैठ गया।

थोड़ी देर बाद योगी ने आँखें खोलीं और प्रेम भरी दृष्टि से उसकी ओर देखा। चिलाती-पुत्र के हाथ में अब भी सुषमा का कटा हुआ सिर था। दूसरे हाथ में खड्ग था। शरीर पर रक्त के छींटे पड़े हुए थे, किंतु फिर भी मुख पर वह भयंकरता न रही थी। योगी की स्नेहपूर्ण दृष्टि ने उसे सौम्य बना दिया था। वह किंकर्तव्यविमूढ़-सा होकर उन्हें देखने लगा। योगी ने मुसकराते हुए कहा, ''भाई, तुम्हारा स्वागत है।'

चिलाती-पुत्र ने आश्चर्य में पड़कर कहा—"भगवान्! आप किसका स्वागत कर रहे हैं। मैं हत्यारा हूँ, डाकू हूँ, दासी पुत्र हूँ। क्या मुझे भाई कहने से आप अपवित्र न हो जाएँगे?"

योगी ने देखा—चिलाती-पुत्र की आत्मा तिरस्कार पाकर भयंकर हो उठी है। शांति-प्राप्ति के लिए उसे निज गौरव का ज्ञान कराना चाहिए।

योगी ने कहा, "मैंने तो तुम्हें भाई ही कहा है। इसी शरीर द्वारा तुम मेरे और समस्त संसार के वंदनीय बन सकते हो।"

"क्या आप मुझे भुलावा दे रहे हैं? मेरे सरीखा पापी भी कहीं ऊँचा उठ सकता है?" चिलाती-पुत्र ने अधीर होकर पूछा।

"भाई, मैं सर्वथा सत्य कह रहा हूँ। पापी कहकर अपनी आत्मा का अपमान मत करो।"

"भगवान्, मैंने दुनिया को लूटा। जो मेरे लिए जान देती थी, स्नेह का एकमात्र केंद्र थी उसके भी प्राण ले लिये। यह सिर उसी का है। मैंने स्वयं काटा है। मैं कितना विश्वासघाती हूँ। हत्यारा हूँ।" चिलाती-पुत्र अपने जहरीले घावों को खोल-खोलकर महात्मा के सामने रख रहा था और अनुभव कर रहा था कि उसकी वेदना कम हो रही है।

महात्मा ने उत्तर दिया, "संसार में ऐसा कोई पाप नहीं है, जो धुल न सकता हो।"

चिलाती-पुत्र महात्मा के चरणों में गिर पड़ा। उन्होंने उसे अहिंसा और क्षमा का उपदेश दिया। उन्होंने कहा, "भाई, आज से संसार के समस्त प्राणियों को अपना मित्र समझो। किसी के प्रति द्वेष भावना मत रखो। किसी से भय मत करो। फिर देखो, संसार के समस्त प्राणी तुम्हारे मित्र बन जाएँगे। धनावह को भी अपना मित्र मानो। यह सत्य अपने हृदय में रख लो कि न कोई किसी का शत्रु होता है और न किसी का मित्र। हमारी भावना ही शत्रु या मित्र बनाती है। तुम चाहो तो समस्त संसार को अपना मित्र कह सकते हो।"

लोगों ने एक दिन सुना—आज धनावह सेठ अपने भाई-बंधुओं के साथ महात्मा चिलाती-पुत्र के दर्शन करने जा रहे हैं। □

अंतिम याचना

अपनी पच्चीस वर्ष की आयु में कुमार पहले-पहल ननिहाल गया था। वहाँ से लौटा तो हृदय में आग लगी हुई थी, जैसे हजारों बिच्छुओं ने एक साथ डंक चुभो दिए हों।

कुमार का नाम था—बिदुदर्भ। वह राजा प्रसेनजित् का युवराज तथा सेनापति था और शाक्यों का भागिनेय। हाथ में घोड़ों की लगाम थी, किंतु वह ढीली पड़ गई थी। घोड़े अपनी इच्छानुसार धीमी चाल से चल रहे थे। कुमार की आँखें चारों ओर फैले हुए शाक्यों के भू-प्रदेश पर घूम रही थीं और उनमें खून उतर रहा था। हवा में झूमते हुए सुनहरे खेतों, धान की क्यारियों तथा नदी किनारे चरती हुई हृष्ट-पुष्ट धेनुओं को देखकर उसके मन में ममता और घृणा, हर्ष और विषाद एक साथ उत्पन्न हो रहे थे। दूर-दूर तक फैले हुए फलों से लदे आम के उद्यानों को देखकर उसने एक दीर्घ निःश्वास छोड़ी। हृदय में भयंकर तूफान उठ रहा था।

'इतनी विशाल समृद्धि और उपभोग करनेवाले प्रजाजन इतने थोड़े?' कुमार के मन में साम्राज्य-लिप्सा जाग्रत् हो उठी। 'अरे, इन हरे-भरे खेतों की रखवाली करनेवाला भी तो कोई नहीं दिखाई देता। हमारे यहाँ सूखी घास के लिए पहरेदार रखने पड़ते हैं, नहीं तो उसकी भी चोरी हो जाती है। लूट, डकैती, परस्पर शत्रुता एवं द्वेष का अंत ही नहीं होता। ये शाक्य बीज बोते हैं और फसल पकने पर आकर काट लेते हैं। न रखवाली की जरूरत है, न

झगड़े-टंटों की। ये कितने सुखी हैं।'

उसने एक बार घूमकर पीछे देखा, जैसे उसके मन की बात कोई सुन रहा हो। पीछे-पीछे अनुचर सैनिक थे। उनकी लुब्ध दृष्टि भी उस शस्यश्यामला भूमि पर जमी हुई थी। उदीयमान सूर्य की किरणों में खेत ऐसे दीख रहे थे जैसे चारों ओर सुवर्ण बिछा हुआ हो। कुमार की विचार-शृंखला उत्तरोत्तर गंभीर बन रही थी। रह-रहकर शाक्यों का व्यवहार याद आ रहा था।

'मेरे नाना महानामन ने शाक्य युवकों की रथ दौड़ में मुझे क्यों नहीं भाग लेने दिया? शाक्य ललनाएँ अपनी कटिमेखला हिलाती हुई मेरा उपहास कर रहीं थीं। मैंने जिस शाक्य सुंदरी को पसंद किया और अपनी सहचरी बनाने का प्रस्ताव रखा तो उसने कितना अपमान भरा उत्तर दिया, 'शाक्य कन्याएँ सस्ती नहीं हैं।' क्या मुझे वर लेने से वह सस्ती हो जातीं। मैं मगध का सेनापति हूँ। राजगृह का युवराज हूँ। यदि इनमें मिथ्याभिमान न होता तो मेरे प्रस्ताव को वरदान मानतीं। मैं इन शाक्यों का अभिमान चूर करूँगा। इन्हें बता दूँगा, किस प्रकार शाक्य कन्याएँ भटक रही हैं और उन्हें स्वीकार करनेवाला कोई नहीं है।'

अचानक रथ के पहिए की घड़घराहट हुई और वन मयूर कलख करने लगे। प्रत्येक गर्जन को घनगर्जन कर नाच उठनेवाला मयूर का सरल हृदय यह नहीं जानता कि विनाश की गर्जन भी ऐसी ही होती है।

कुमार की विचार-शृंखला टूटी। एक अश्वारोही ने आगे आकर नम्रतापूर्वक सेनापति का रत्नजटित अस्त्र उसे अख्रपत किया।

"क्या अस्त्र इतना शीघ्र मिल गया?" कुमार ने अश्वारोही से पूछा।

"हाँ, स्वामिन! किसी ने इसे छुआ तक नहीं। मुझे कहा—तुम अपने ही हाथ से उठा लो।"

"नानाजी, क्या कर रहे थे?" कुमार ने स्नेहार्द्र होकर अपने नब्बे वर्ष के वृद्ध मातामह शाक्य गणनेता महानामन के समाचार पूछे, "क्या मुझे याद कर रहे थे?"

सैनिक चुप रहा।

"कुछ नहीं पूछा?"

सैनिक शांत खड़ा रहा।

"क्या कर रहे थे?"

सैनिक कुछ न बोला।

"नानाजी! उनमें कितनी ममता भरी है।" युवराज के हृदय में एक द्वंद्व प्रारंभ हो गया—'यदि उनका स्नेह न रोकता तो मैं अभिमानी शाक्यों का नशा एक घड़ी में उतार देता। इस समस्त भू-खंड पर मगध का शासन होता। ननिहाल के साथ वैर खड़ा करने के लिए कोई बहाना मिलना चाहिए। फिर तो मैं इस गणतंत्र की जड़ें उखाड़ दूँगा। यह भी कोई राज्य है? प्रत्येक शाक्य का समान अधिकार, प्रत्येक की मतगणना पर शासन। यहाँ का प्रत्येक व्यक्ति अपने को राजा मानता है। प्रत्येक शाक्य को गणतंत्र का नागरिक होने का अभिमान है। ये हमारे राजतंत्र को हलका समझते हैं, उसकी अवहेलना करते हैं। इस गणतंत्र का अस्तित्व हमारे तेजोवध और अपमान का कारण बना हुआ

है। कलेजे में काँटे के समान चुभ रहा है। किंतु क्या करूँ? नानाजी के सफेद बाल सामने आ जाते हैं।'

कुमार बिदुदर्भ अपनी राजधानी पहुँचा। मन में भयंकर आग सुलग रही थी। ननिहाल की बातें सुनाने के लिए माँ के पास गया। किंतु राजमाता वासभखत्तियाँ का मन उदास था। कुमार ने जितना कहा, उसने बिना मन के सुन लिया। एक भी प्रश्न नहीं पूछा। उसके मन में एक काँटा छुपा हुआ था। छब्बीस वर्ष हो गए, जब उसका विवाह हुआ था। उसके बाद एक बार भी पीहर न गई। बाप के घर से कभी बुलावा नहीं आया। पति के घर में पटरानी का पद प्राप्त था, किंतु उसे इस बात की खुशी न थी। वह इसे अपमान मानती थी। मन में एक ही आश्वासन था कि उसने स्वयं अपमानित होकर शाक्यों के राज्य को प्रसेनजित् के हाथों से बचाया है। बुद्ध को जन्म देनेवाले महान् कुल की कन्या को प्राप्त करके प्रसेनजित् ने अपने को गौरवशाली माना था और साम्राज्य-लिप्सा को अंशतः शांत कर लिया था। उसे इस बात की सांत्वना थी कि मैंने शाक्यों का मस्तक नीचे कर दिया है। यदि उस समय वह न प्राप्त होती तो गणतंत्र की राज्यलक्ष्मी का छब्बीस वर्ष पहले ही अंत हो गया होता।

पुत्र के चले जाने पर वासभखत्तियाँ को अपने विवाह की पहली रात याद आई, जिसे उसको बाध्य होकर स्वीकार करना पड़ा था।

"क्यों! मैं शाक्यों का जमाई बना या नहीं?" पति के ये ताने से भरे शब्द वह अभी तक न भूली थी।

"क्यों! मैंने घमंडियों का सिर नीचा किया या नहीं?"

जो व्यक्ति स्वयं ऊँचा नहीं चढ़ सकता वह अपने से ऊँचे को नीचे गिराकर तृप्ति का अनुभव करता है। प्रसेनजित की ईर्ष्यावृत्ति महलों में महकते हुए सुगंधित इत्र, तेल तथा पुष्पों को दुर्गंधित बना रही थी। वासभखत्तियाँ का मस्तक उससे फटा जा रहा था। गणतंत्र के स्वतंत्र वातावरण तथा शाक्य-पिता के संस्कारों में पली हुई षोडशी कन्या का यौवन एक साम्राज्यवाद का जंगली उपासक चुपचाप लूट रहा था और उसे अपनी मातृभूमि की रक्षा के लिए मन मारकर अर्पण करना पड़ा रहा था। प्रसेनजित के शब्द उस अभिमानिनी के

हृदय में अभी तक तीक्ष्ण बाण के समान चुभ रहे थे।

ऐसे विवाह का फल भी तदनुरूप ही था। कुमार विदुदर्भ पिता के संस्कारों से सींचा गया विषवृक्ष था। वह स्वार्थलिप्सा और क्रूरता का अवतार था। अभी-अभी वह जो बातें करके गया था, उनमें एक बात से माता घबरा गई थी। उसने कहा था, ''माँ, शाक्यों के पास इतनी समृद्ध तथा विशाल वसुंधरा होने पर भी भोगने का ढंग निराला है। इस राज्यलक्ष्मी का कोई एक स्वामी नहीं है। इसके लाखों मालिक हैं। वहाँ न तो गगनचुंबी राजप्रासाद हैं और न विशाल सैन्य। वहाँ तो सभी एक सरीखे हैं—संपत्ति में भी और मूर्खता में भी।''

वासभखत्तियाँ विदुदर्भ के स्वभाव को जानती थी। इतने मात्र से उसने समझ लिया कि शाक्य गणतंत्र पर मुसीबत आने वाली है। उसने एक गंभीर निःश्वास छोड़ी।

कुमार के साथ जो सैनिक शाक्य गणतंत्र में गए थे, धीरे-धीरे उनमें एक कानाफूसी-सी प्रारंभ हुई। भूला हुआ आयुध लेकर जो अश्वारोही कुमार विदुदर्भ से रास्ते में मिला था, उसने एक घटना कुमार से छिपा ली थी, किंतु अपने दूसरे साथियों पर प्रकट कर दी। उसने बताया, ''जब मैं भूले हुए आयुध को लेने वापस गया तो महानामन की दासी उस फलक को दूध से धो रही थी जिस पर बैठकर सेनापति विदुदर्भ ने भोजन किया था।''

''समझ में नहीं आया कि अपने सगे आगिनेय के फलक को धुलाने की क्या आवश्यकता पड़ गई?'' बाहर निकलकर एक शाक्य से पूछा। कुलीनता के अभिमानी उस शाक्य ने आँखें टेढ़ी करके तिरस्कारपूर्वक कहा, ''वह आसन महानामन के दौहित्र द्वारा पवित्र नहीं हुआ, किंतु एक शूद्र-पुत्र के स्पर्श से अपवित्र हो गया था। इसलिए दूध से धुलना आवश्यक था।''

''शूद्र-पुत्र कैसे?'' मैंने स्तब्ध होकर पूछा।

''तो क्या प्रसेनजित को यह अभिमान है कि हमने उसे शाक्य कन्या ब्याही है? नहीं, ऐसा नहीं है। तुम्हारी राजरानी वासभखत्तियाँ महानामन की रखी हुई एक शूद्र दासी की लड़की है। शाक्य इतने मूर्ख नहीं हैं कि अपनी

कुलीनता छोड़ दें। क्यों समझ गए न? तुम्हारे राजा को जाकर कह देना।'' शाक्य युवक ने आत्माभिमान के साथ कहा।

क्रमशः यह चर्चा सारी सेना में फैल गई। एक शूद्र का पुत्र सेनापति के पद को भ्रष्ट कर रहा है। क्षत्रिय सैनिक इस अपमान को न सह सके। चारों ओर असंतोष फैल गया। बात राजा प्रसेनजित के पास पहुँची। डर लगा, प्रसेनजित ने वासभखत्तियाँ और विदुदर्भ को भरे दरबार में बुलाया और रानी से सच्ची-सच्ची बात पूछी। रानी ने मस्तक नीचा करके कहना आरंभ किया—

''मुझे स्वयं यह मालूम नहीं था कि मेरी माता शूद्रा है। पिता महानामन ने मुझे अपनी ही पुत्री के समान लाड़-प्यार से पाला था। जब तक अपने पिता के घर रही, मुझे किसी ने यह रहस्य नहीं बताया। पिता ने मुझे वही शिक्षा दी, जो एक शाक्यकुमारी को दी जाती है।'' किंतु राजरानी का झुका हुआ मस्तक ऊँचा उठ गया। ''मेरे पिता असत्यवादी नहीं हैं। शाक्य शिरोमणि महानामन ने जिस रात को मुझे तुम्हारे हवाले किया उसी दिन माता के शूद्रा होने की बात मुझे कह दी थी। मैं शूद्रा ठहरी। उसी दिन मैंने तुम्हारे महलों में आने की अपेक्षा एक वेश्यागृह में जाना अधिक पसंद किया होता। किंतु मेरे वृद्ध पिता ने आँखों में आँसू भरकर दीनता भरे शब्दों में कहा, 'बेटी, शाक्य सेना प्रसेनजित की सागर के समान विशालवाहिनी का सामना न कर सकेगी। एकपत्नीव्रत के नियम ने शाक्यों की पुरुष संख्या को बहुत घटा दिया है। शाक्य रक्तवाली एक भी कन्या किसी बाहर के राजा को वरने के लिए तैयार नहीं होगी। यदि कोई तैयार हो भी जाए तो शाक्य युवक अपने रहते हुए किसी कन्या को परदेसी राजा के पास न जाने देंगे। परिणाम यह होगा कि जो मुट्ठी भर हैं, वे भी कटकर मर जाएँगे। एक परदेसी राजा के हाथ से शाक्यों का खून बहेगा, उनका भयंकर संहार होगा। शाक्य कन्याओं का सतीत्व लुटेगा। बलात्कार से राक्षसों की उत्पत्ति होगी। मनुष्यों का संहार तो होगा ही, साथ में जनतंत्र और प्रजातंत्र की परंपरा लुप्त हो जाएगी। इसी महानाश को रोकने के लिए मैं अपनी प्यारी संतान की बलि दे रहा हूँ।'

''यदि मैं इसके लिए तैयार न होती तो शाक्य माताओं की गोद से वैसे

पाप प्रकट होते, इसका नमूना सामने खड़ा है।'' यह कहकर माता ने अपने पुत्र का स्पर्श किया।

जहर का एक घूँट पीकर वह फिर बोली, ''मैंने यह सबकुछ नहीं होने दिया। किंतु महाराज, आज भी मेरे हृदय में वे शाक्य तरुण घर किए हुए हैं। मेरी स्वप्न लोक की सृष्टि के निर्माता वे ही हैं। उनकी वह मस्त चाल, सरल हृदय, सुदृढ़ शरीर, कला-प्रेम तथा रथों की दौड़ आज भी मेरे मन को खींच रही है। वे रूप और कला, वीरता और विरक्ति का एक साथ आनंद लेना जानते हैं। महाराज, आपने पहली ही रात को अपने रंगमहल में उनका अपमान किया। मेरे सपनों की दुनिया तो मिट ही गई थी। आपने जले पर नमक छिड़का। मेरे हृदय ने कभी आपको स्वीकार नहीं किया। मेरे गर्भ से उत्पन्न हुआ तथा मेरी ही गोद में पला हुआ यह पुत्र मेरा आदर्श नहीं है। यह तो मेरा पाप है।''

यह कहकर बयालीस वर्ष की वह शाक्य-सुंदरी सिर झुकाकर खड़ी हो गई। उसके मस्तक की सिंदूर रेखा ललाट से चोटी की ओर ऊँची उठती हुई ऐसी मालूम पड़ रही थी जैसे वह स्वप्नलोक में विचरण के लिए जा रही हो।

''हाँ! हाँ! शाक्यनंदिनी!'' प्रसेनजित ने उपहास करते हुए कहा, ''मैं यह समझ गया कि शाक्य झूठे और ठग होते हैं। तुम्हारी बातों से यह अच्छी तरह सिद्ध हो गया। किंतु शाक्य के शिरोवंद्य तुम्हारे पिता महानामन ने तुम्हारे साथ एक ही पात्र में भोजन किया था। यह तो एक सत्य है। मेरे सैनिकों ने अपनी आँखों से देखा है। क्या इससे उनकी कुलीनता में बट्टा नहीं लगा? क्या उस समय तुम शूद्रा नहीं थीं? क्या उन्होंने गणतंत्र की रक्षा के लिए अपने भोजन संबंधी छुआछूत को ताक पर नहीं रख दिया? बस, मुझे तो इतना ही बताना था। शाक्य केवल धूर्त ही नहीं, पतित भी हैं।''

उत्तर देने के लिए वासभखतियाँ का मस्तक धीरे-धीरे ऊँचा उठा। उसने हँसते हुए कहा, ''महाराज, मैं शाक्यों का बचाव नहीं करना चाहती। गणतंत्र और अपनी कुलीनता को ऐसे कपटपूर्ण उपायों से बचानेवाले अधिक

दिन नहीं टिक सकते। फिर भी मैं आपके सामने यथार्थ बात रख देती हूँ। उस दिन मेरे पिता जाति-पतित नहीं हुए; किंतु उन्होंने आपके प्रतिनिधियों को मूर्ख बना दिया, उनकी आँखों में धूल झोंक दी। मेरे पिता ने मेरी थाली में जैसे ही दाहिना हाथ डाला, उनके पास एक महत्त्वपूर्ण संदेश पहुँचाया गया। वह अपने बाएँ हाथ से संदेश पढ़ते रहे। दाहिना हाथ भोजन की थाली में ही पड़ा रहने दिया। मैंने अपना भोजन पूरा कर लिया। मेरे पिता महानामन ने ग्रास मुख तक उठाया भी नहीं। आपके प्रतिनिधि तो इस खुशी में फूले हुए थे कि उन्हें बुद्ध के कुल की कन्या प्राप्त हो रही है। इस उल्लास में उन्होंने ध्यान तक नहीं दिया।''

''शूद्रे! आज से तुम्हें राजेश्वरी के पद से च्युत किया जाता है। साथ में तुम्हारे पुत्र को सेनापति के पद से।''

राजाज्ञा के अनुसार माँ और बेटा दोनों के गौरवपूर्ण पद छीन लिये गए।

विदुदर्भ क्रोध से जल रहा था। प्रतिशोध की भावना तीव्र हो रही थी। उसे सारा दोष अपनी माता और नाना का दिखाई दे रहा था। सभा को संबोधित करते हुए उसने कहा, ''सेनापति पद के कारण मुझे जो गौरव प्राप्त था, यह आपका दिया हुआ था, आप उसे छीन सकते हैं। इन सब प्रतिष्ठा चिह्नों को आप वापस ले सकते हैं, किंतु मेरी भुजाएँ तो मेरे पास ही रहेंगी। इनमें जो बल है वह तो कहीं नहीं जा सकता। निर्णय केवल इतना ही है कि इनमें जो खून बह रहा है वह पिता का है या माता का? यह निर्णय मैं आप ही लोगों पर छोड़ता हूँ।''

पुरोहित ने कहा, ''माता की अपेक्षा पिता का विशेष अधिकार है।''

''बस, इतना ही पर्याप्त है।'' यह कहकर विदुदर्भ ने अपनी भुजाओं को फटकारा। ''मैं राजतंत्र का उपासक हूँ। इन शाक्यों ने धोखा देकर मुझे अपमानित किया और उपहास का पात्र बनाया। मैं उनके गणतंत्र को निर्मूल कर दूँगा। पृथ्वी पर से इनके बीज मिटा दूँगा। इस शूद्रा ने अपना बलिदान देकर जिन शाक्य माताओं, बहुओं तथा पुत्रियों का सतीत्व बचाया है, मैं उन्हें भ्रष्ट करूँगा। मेरे बैठने के कारण भोजन पीठ को भी अस्पृश्य माननेवाले उस

बूढ़े महानामन को मैं बता दूँगा कि विदुदर्भ का अपमान किसे कहते हैं? आप मुझे सेनापति पद दें या न दें, मैं तो अपने मन की करूँगा ही।''

धर्माध्यक्ष के निर्णयानुसार उसे फिर सेनापति पद दे दिया गया। उसने उसी समय पिता का सिर काट लिया और माता के भी प्राण ले लिये। विशालवाहिनी लेकर विदुदर्भ ने शाक्यों पर चढ़ाई कर दी।

शाक्यों के पास न तो इतने सैनिक थे और न इतना बड़ा शस्त्र-संग्रह, जिससे वे खुल्लम-खुल्ला लड़ते। उन्होंने नगर के द्वार बंद कर लिये और किलेबंदी करके बैठ गए।

विदुदर्भ को मालूम था कि शाक्यों की किलेबंदी और नगरी के द्वारों को तोड़ना अत्यंत कठिन है। उसने दूत द्वारा कहलवा भेजा।

''कौन कहता है, मैं लड़ने के लिए आया हूँ। शाक्यों का भागिनेय होकर क्या मैं उन पर ऐसी क्रूरता भरी दृष्टि डाल सकता हूँ? मैं तो आज वैशाख पूर्णिमा के पवित्र दिन भगवान् बुद्ध के स्थान का दर्शन करने आया हूँ।''

''तो दरवाजे खोल दो।''

शाक्यों में यह रिवाज था कि भगवान् बुद्ध का नाम लेकर कोई भी उनका अतिथि बन सकता था। उसके लिए सभी द्वार खुले थे। उसके प्रति किसी को अविश्वास न होता था। उनका यह दृढ़ निश्चय था कि भगवान् का नाम लेनेवाला धोखा नहीं दे सकता। उसमें कपट नहीं रह सकता।

द्वार खोल दिए गए। विदुदर्भ की क्रूर सेना जंगली पशुओं के समान टूट पड़ी। सारी नगरी में नृशंस हत्या का तांडव होने लगा।

विदुदर्भ ने आज्ञा दी, ''आज वैशाली का कोई प्राणी जीवित नहीं रहना चाहिए। तुम्हारे सामने कोई आए, वह शस्त्रधारी हो या नि:शस्त्र, स्त्री हो या छोटा बालक, वृद्धा हो या अशक्त। तुम्हें किसी पर दया दिखाने की आवश्यकता नहीं है। जैसे किसान फसल काटता है, इसी प्रकार शाक्यों को काट डालो। अपनी भुजाओं के बल और खड्ग की तीक्ष्ण धार से वैशाली को शवपुरी बना दो।''

विदुदर्भ की आज्ञा ने सैनिकों को और उच्छृंखल बना दिया। नगर की

असहाय, नि:शस्त्र तथा निर्दोष जनता को काटता हुआ विदुदर्भ आगे बढ़ा। बालाओं का क्रंदन, बालकों की करुण चीत्कार, वृद्धों की सिसकियाँ, कठोर गर्भा माताओं के निराशा भरे लोचन उसे विचलित न कर सके। मार्गों में खून की नालियाँ बहने लगीं।

अपनी राक्षसी लीला पर अट्टहास करता हुआ वह आगे बढ़ा चला आ रहा था। नगर द्वार पर खड़ा होकर वह भागनेवालों को मौत के घाट उतारने लगा। उसने सामने से एक वृद्ध को आते हुए देखा। उसके हाथ की लकड़ी डगमगा रही थी। वह शवों के ढेर में से बच-बचकर चला आ रहा था। आँखों पर सफेद पपड़ियाँ थीं। उन्हें सफेद भौंह ने ढक रखा था। दुबली-पतली गरदन पर सफेद बाल लटक रहे थे। ऐसा मालूम पड़ता था जैसे यह दृश्य देखने के लिए मृत्यु ने उसे वापस भेज दिया हो।

"हाँ, हाँ, आइए नानाजी! घर को धोकर लीप लिया न?" विदुदर्भ ने ताना मारा। "आज मैं उस शुद्धि को पूरी कर देता हूँ। दासी-पुत्र की साँस से अपवित्र बने हुए शाक्यों की मैं रक्त-शुद्धि कर रहा हूँ।" अब बाहर और भीतर से पवित्र हो जाएँगे।"

"भाई! आखिर तुम मेरे दौहित्र हो। मुझे क्षमा करो। मेरे बुढ़ापे की लाज रखो।" महानामन ने हाथ जोड़ते हुए कहा, "मेरे अकेले के पाप का दंड तुम सभी शाक्यों को दे रहे हो। मेरे पाप के लिए मुझे दंड दो।"

"बूढ़े!" विदुदर्भ ने जरा कंपित स्वर में कहा।

"तू भाग जा। अपनी संतान को लेकर निकल जा। तुझे—तुझे अभयदान है। तू मेरा नाना है। मुझे तुझ पर दया आ रही है।"

"मुझ अकेले को नहीं, दौहित्र।" बूढ़े के काँपते हुए हाथ पूरे जुड़ भी न सके—"शाक्यों को बचाओ। इन बालकों, स्त्रियों, सगर्भाओं, प्रसूताओं और माताओं पर दया करो।"

"दया! दया किसे कहते हैं?" विदुदर्भ नरसंहार का आनंद ले रहा था—"बूढ़े! शत्रु पर दया करना मूर्खता है। मगध की गद्दी पर बैठनेवाले अपने बाप पर भी दया करना नहीं जानते।"

"अच्छा भाई, मैं एक माँग करता हूँ। मैं अपने पाप का छोटा सा प्रायश्चित्त करना चाहता हूँ। क्या इतनी-सी बात मंजूर करोगे?"

"बोलो, जल्दी बोलो! क्या चाहते हो?"

"इस पानी में" महानामन ने पास ही के झरने की ओर इशारा करते हुए कहा, "मैं एक डुबकी लगा लूँ, तब तक तुम इस नरसंहार को रोक दो। तब तक जो भागना चाहें, उन्हें निकल जाने दो। यह एक छोटा सा प्रायश्चित्त है। आशा है, अपने बूढ़े नाना की इतनी-सी बात के लिए इनकार न करोगे! इससे मेरे पाप का एक छोटा प्रायश्चित्त हो जाएगा।"

"अच्छी बात है। हम भी तब तक साँस ले लेते हैं। जल्दी से डुबकी लगा लो।"

यह कहकर विदुदर्भ ने संहार रोकने के लिए पताका फहराई।

बूढ़े ने झरने में डुबकी लगाई। पानी बहुत गहरा न था। नगर के लोग अपने प्राण लेकर भागने लगे। संहार से रुकी हुई सेना खड़ी उन्हें देख रही थी। अब भी उसके हाथ में नग्न खड्ग चमक रहे थे और दूसरी आज्ञा की प्रतीक्षा कर रहे थे।

समय बीतने लगा। विदुदर्भ बेचैन हो रहा था। कब बूढ़ा निकले और कब वह फिर संहार की आज्ञा दे। वह अपने अनुचरों को कह रहा था, "बूढ़े ने प्राणायाम का अभ्यास कर रखा है। अधिक नहीं तो हजार-पाँच सौ के प्राण तो बच ही जाएँगे। बूढ़ा कुछ-न-कुछ पुण्य तो कमा ही लेगा।"

सामने सारे नगर में फैली हुई सेना थी। प्रत्येक सैनिक के हाथ में नग्न खड्ग था। अब भी उससे खून टपक रहा था। किंतु कुछ देर में सारी सेना स्तंभित-सी खड़ी थी।

विदुदर्भ ने झरने पर खड़े होकर देखा। किनारे पर बूढ़े महानामन की लकड़ी और उत्तरीय पड़े थे। पानी की सतह पर अब भी बुलबुले उठ रहे थे।

"बूढ़े ने बड़ी देर लगा दी। इस प्रकार तो बहुत से शाक्य निकल जाएँगे।" उसने अधीरता के साथ कहा, जैसे कोई अलभ्य अवसर हाथ से निकल रहा हो।

सैनिकों के हाथों में हजारों खड्ग मौत की जिह्वाओं के समान लपलपा रहे थे। प्रत्येक द्वार से झुंड-के-झुंड नागरिक निकल रहे थे। विदुदर्भ देख-देखकर बेचैन हो रहा था।

"यह क्या!" विदुदर्भ ने फिर पानी पर नजर डाली। अब बुलबुले शांत हो गए थे।

"इस धूर्त शाक्य ने क्या किया? बूढ़ा कहीं निकल गया?"

"महाराज!" पास ही खड़े हुए एक अनुचर ने जवाब दिया, "हो सकता है, अंदर-ही-अंदर किसी गुप्त मार्ग से निकल गया हो। शाक्यों के हृदय और गुप्त मार्गों का पता लगाना बड़ा कठिन है।"

"तो अंदर उतरो! गुप्त मार्गों को ढूँढ़ निकालो।" विदुदर्भ ने आज्ञा दी।

आदमी अंदर घुस गए। झरने में ढूँढ़ना प्रारंभ किया। थोड़ी देर बाद नीचे के तल से कुछ निकालकर बाहर लाए। वह एक वृक्ष की जड़ थी। उसी के साथ चिपका हुआ महानामन का निष्प्राण शरीर था। आश्चर्यमूढ़ विदुदर्भ ने जब अपनी दृष्टि उस मृत देह से हटाकर नगरी की ओर डाली तो वह सारी निर्जन दिखाई दी।

हजारों खड्गों को निकाले हुए सेना डुबकी पूरी होने की प्रतीक्षा कर रही थी। किंतु···

□

परीक्षा

पं. विशाखदत्त राजगृह के प्रसिद्ध विद्वान् थे। संस्कृत, प्राकृत आदि भाषाओं के प्रखर पंडित, साहित्य और दर्शन दोनों में गहरे उतरे हुए, सफल अध्यापक और सरल कवि। वाणी और लेखनी पर पूरा अधिकार था। प्रत्येक शब्द से पांडित्य और प्रतिभा का परिचय मिलता था। किंतु सरस्वती जितनी प्रसन्न थी, लक्ष्मी उतनी ही अप्रसन्न। घर पर पढ़ने के लिए विद्यार्थी आते थे, किंतु उनमें सूखी भक्ति के सिवाय अधिक सेवा करने की सामर्थ्य न थी। मठाधीश अपनी गद्‌दी की नाक रखने के लिए कभी-कभी शास्त्रार्थ हेतु चुन लेते और बड़े सम्मान के साथ बुलाते। पंडितजी उस समय अपने दारिद्र्य को भूल जाते और आत्माभिमान के साथ जमकर बैठते। समस्त श्रोताओं की दृष्टि उनकी ओर घूम जाती। जब प्रत्येक वाक्य के साथ साधुवाद मिलता तो उन्हें घर का कोई भान न रहता। किंतु शास्त्रार्थ समाप्त होने पर दक्षिणा लेकर जब घर लौटते तो पंडितानी की सूची देखकर चौंक उठते। उन्हें पता चलता कि दक्षिणा से तो दो सप्ताह भी निर्वाह न होगा। अभाव अपना मुँह बाए खड़ा दिखाई देता। दूसरी ओर से कानों में पड़ता कि वह जिस महंत के प्रतिनिधि बने थे, चारों ओर उसकी विजय के ढोल पीटे जा रहे हैं और उसके चरणों में बड़ी-बड़ी दक्षिणाएँ चढ़ रही हैं। पंडितजी की समझ में न आता कि यह किस पाप का फल है जिससे वह अपने परिश्रम और प्रतिभा का फल स्वयं नहीं भोग सकते। उनकी विद्वत्ता का मूल्य महंत को क्यों मिल रहा है? स्वयं,

पंडितानी और तीन बच्चों की उदरपूर्ति करना पंडितजी के लिए बहुत बड़ी समस्या थी। वह त्याग और मोक्ष का उपदेश घंटों दे सकते थे, दर्शनशास्त्र की उलझी हुई गुत्थियों को सुलझा सकते थे, कुबेर के खजाने की सूची तैयार कर सकते थे, किंतु पाँच प्राणियों के पेट की गुत्थी को सुलझाना उनकी पहुँच के बाहर था।

घर में एक छोटी कोठरी थी। उसके द्वार पर घास का छप्पर था। छोटे से अहाते के चारों ओर काँटों की बाड़ थी। पंडितजी अपनी कुटिया से संतुष्ट थे। उन्हें महलों की चाह न थी। किंतु जब बच्चों का कोलाहल और उन्हें पीटती हुई पंडितानी का कर्कश स्वर कानों में पड़ता तो विद्या की उपासना और विश्राम दोनों असंभव हो जाते। उस समय मन में खीझ उठती—कभी तो वह पंडितानी पर उतरती, कभी बच्चों पर और कभी अपने घर पर।

तत्त्व-चिंतन और कविता के लिए पंडितजी के पास एक ही समय था। रात को जब बच्चे सो जाते तो वह कोठरी के एक कोने में दीया जलाकर बैठ जाते। बड़ी रात तक अध्ययन तथा लेखन में लगे रहते। दिन भर के अशांत वातावरण से क्षुब्ध मस्तिष्क और उत्तप्त हृदय को उस समय शांति मिलती। अभाव से आक्रांत वस्तुस्थिति को छोड़कर वह कल्पना के मधुर जगत् में विचरण करने लगते, जहाँ उन्हें सबकुछ परिपूर्ण और अपने मन के अनुकूल मिलता। वह भूल जाते कि फटी हुई साड़ी लपेटे, दिन भर के कामों और कोलाहल से परेशान, थककर लेटी हुई उस ब्राह्मणी के साथ भी उनका कोई संबंध है, जो उम्र के लिहाज से युवती होने पर भी बुढ़ापे को निमंत्रित कर चुकी है। उनकी कल्पित नायिका तो नख से लेकर शिख तक अनिंद्य सुंदरी, सतत तरुणी और कौशेय से आवत होती थी। उन्हें इस बात का भी ध्यान न रहता कि टूटी हुई चारपाई पर सोए हुए छोटी-छोटी बातों के लिए तरसनेवाले वे भोले शिशु मेरी ही संतान हैं और इनके भरण-पोषण तथा सुख-सुविधा का उत्तरदायित्व मुझ पर है।

जीवन के रेगिस्तान में कल्पना वह मरीचिका है, जो प्यासे हिरण को दौड़ते रहने के लिए प्रेरित करती है। लोग कहते हैं, मरीचिका धोखा है। किंतु

क्या उसमें प्रगति के लिए प्रेरणा विद्यमान नहीं है? दौड़ते रहने का नाम जीवन है। उसमें फल प्राप्ति का प्रश्न ही खड़ा नहीं होता। सत्य और मिथ्या का आधार फल प्राप्ति नहीं है। उनका आधार है, जीवन के लिए प्रेरणा। जिसमें जितनी अधिक प्रेरणा है वह उतना ही सत्य है। निठल्ले बैठ जाने का अर्थ है मृत्यु को समय से पहले स्वीकार कर लेना। दौड़ते-दौड़ते प्राण देने का अर्थ है जीवन की प्रत्येक साँस को उपयोग में ले आना। इसी का नाम सफलता है। पंडितजी उस कल्पना ज़गत् में तब तक विचरते रहते, जब तक निद्रा पूरी

तरह अभिभूत न कर लेती।

प्रात: होने पर पंडितजी जिस बात से बहुत अधिक बचना चाहते थे वह था पंडितानी का साक्षात्कार। उन्हें भय होता था, कहीं आटे-दाल का प्रश्न न खड़ा हो जाए। किंतु भयभीत होने से मुक्ति नहीं मिला करती। वस्तुस्थिति का सामना करना ही पड़ता है। जब पंडितानी उदास होकर कहती कि आज

आटा खत्म हो गया है, दाल भी एक दिन से अधिक नहीं चलेगी तो वह मन-ही-मन कुढ़कर रह जाते। शास्त्रों में अप्रतिहत बढ़नेवाली उनकी वाग्धारा यहाँ सूख जाती। प्रतिभा कुंठित हो जाती। तेज मंद पड़ जाता। यह पराजय बहुत ही अखरती, किंतु कोई मार्ग न सूझता।

एक दिन पंडितानी ने कहा, ''अपने नगर के राजकुमार अभय सिंह बड़े दानी हैं। पंडितों और कवियों का आदर करते हैं। आप उनके पास जाइए।''

विशाखदत्त को पांडित्य का गर्व था। उन्हें किसी के सामने हाथ पसारना आत्म-सम्मान के विपरीत मालूम पड़ता था। किंतु लाचारी थी। पंडितानी के आग्रह से वह राजकुमार के पास पहुँचे और भोजपत्र पर लिखा हुआ एक श्लोक अख्रपत किया। उसमें लिखा था—

'उमंग से बीज बोया, पेड़ उग आया; किंतु जीवन भर एक भी फल नहीं लगा। जिसे दारिद्र्य रूपी लू झुलसा डालती हो, उसके लिए बेचारा किसान क्या करे?'

श्लोक पढ़कर राजकुमार पंडित का दुःख समझ गया। उसने पूछा, ''पंडितजी, आपकी क्या सेवा की जाए?''

विशाखदत्त ने कहा, ''विद्या प्राप्त करने में मैंने बहुत परिश्रम किया है। अपने पांडित्य का मुझे अभिमान है। इसके लिए सर्वत्र आदर होता है। किंतु पास में न तो घर है, जिसमें शांतिपूर्वक रह सकूँ और न पाँच प्राणियों का पेट भरने का साधन। आप यह स्वयं जान सकते हैं कि मेरी दरिद्रता का निवारण कैसे हो सकता है।''

''अच्छा पंडितजी, कोई नई रचना लाइए। यदि मुझे पसंद आ गई तो एक लाख स्वर्ण मुद्राएँ पारितोषिक मिलेगा।''

''जय हो राजकुमार की।'' पंडितजी ने पुलकित होते हुए कहा, ''मैं अवश्य नई रचना लाऊँगा। आपको उससे प्रसन्नता होगी।''

यह कहकर प्रसन्न होते हुए वह अपने घर चले गए।

दूसरे दिन पंडित विशाखदत्त ने एक नाटक लिखना प्रारंभ किया। किंतु

जहाँ कल्पना के तंतु निकलें और टूट जाएँ, ऐसी स्थिति में सारा वस्त्र कैसे बुना जा सकता है? न तो घर में शांति थी और न आजीविका के लिए निश्चिंतता। न रात को नींद का ठिकाना था, न दिन को विश्राम। पंडितजी बड़े संकट में पड़ गए। प्रत्येक समय बेचैन रहने लगे। कभी-कभी इतने उद्विग्न हो उठते कि गृहिणी के साथ लड़ पड़ते। वह कहते, ''वास्तव में मुझे दरिद्र बनानेवाली तुम्हीं हो। तुम्हारे कारण मेरी शक्ति रुकी हुई है, प्रतिभा कुंठित हो रही है। मैं घर से बाहर जब पंडितों में जाकर बैठता हूँ तो परम शांति का अनुभव करता हूँ। जब घर में आता हूँ तो एक क्षण भी शांति नहीं मिलती। दरिद्रता दूर करने के लिए राजकुमार ने जो उपाय बताया है, उसे भी नहीं कर पाता।''

उन्हें इस प्रकार के द्वंद्वों का एक साथ अनुभव हो रहा था। एक ओर घर का कोलाहल और अशांति थी, दूसरी ओर वन का एकांत और स्तब्धता। एक ओर दरिद्रता का काँटा चुभ रहा था, दूसरी ओर साहित्य रचना का सात्त्विक आनंद। एक ओर पेट की क्षुधा थी, दूसरी ओर चित्त की तृप्ति। इस प्रकार द्वंद्वों का अनुभव करते हुए उन्होंने रचना पूर्ण की। उसे लेकर कुमार के पास पहुँचे।

कुमार ने आदर से बुलाया, बैठने के लिए आसन दिया। पूछा, ''कहिए पंडितजी, आपकी रचना कैसी है? गद्य, पद्य या चंपू?''

''मैंने एक नाटक लिखा है।'' पंडितजी ने उत्तर दिया।

''नाटक रचा है। बड़ी अच्छी बात है।'' कुमार ने आनंद प्रकट करते हुए कहा, ''किंतु पंडितजी!'' कुमार ने फिर कहना प्रारंभ किया—''नाटक का आनंद तो केवल सुनकर नहीं लिया जा सकता। उसका नाट्यगृह में प्रयोग होना चाहिए। तभी देखकर उसका मूल्यांकन हो सकेगा।''

''जैसी आपकी इच्छा।'' विशाखदत्त ने उत्तर दिया, ''आप प्रयोग की व्यवस्था कर दीजिए। उसे देख लेने पर यदि आप को संतोष हो तभी पारितोषिक दीजिएगा।'' पंडितजी को अपनी रचना पर पूरा भरोसा था।

नाटक की पांडुलिपि को राजकुमार के पास छोड़कर वह घर की ओर

रवाना हुए। चित्त में यह आनंद था कि उनकी कृति पर अभिनय होगा और बड़े-बड़े विद्वान् देखेंगे। विद्वान् को तब विशेष आनंद होता है, जब उसकी रचना किसी अधिकारी द्वारा जाँची जाती है।

वे घर पहुँचे तो पंडितानी आशा लगाए बैठी थी। विशाखदत्त को खाली हाथ देखकर उसने एक दीर्घ नि:श्वास छोड़ा। पंडितजी का सारा आनंद हवा हो गया। पंडितानी का नि:श्वास तीर के समान कलेजे में चुभ गया। ऐसा मालूम पड़ा, जैसे वह बहुत थक गए हों। सीधे कोठरी में जाकर पड़ गए। सारे शरीर से पसीना बहने लगा।

राजकुमार ने राजमहल के साथ लगे हुए राजकीय नाट्यगृह में अभिनय की व्यवस्था की। नाट्याचार्य शार्गंपाणि को सूत्रधार बनाया। दूसरे पात्रों के लिए नगर की रंगशालाओं से नर्तकियों तथा वारांगनाओं में से तथा राज-सेवकों में से चुनाव करने की आज्ञा दी।

अभिनय की सारी तैयारियाँ हो गईं। निश्चित दिन प्रयोग प्रारंभ हुआ। राजकुटुंब, नगर के सेठ, राजकर्मचारी, पंडित, आचार्य, कवि, कलाकार तथा दूसरे नागरिकों से प्रेक्षागृह भर गया। पंडित विशाखदत्त राजकुमार के पास ही बैठे थे।

नाटक का नाम था 'निर्वेद'। नमिराजा का चरित्र कथावस्तु था। तीन अंक थे। पहले अंक में नमिराजा का हाथी हस्तिशाला से निकल भागता है और चंद्रयश राज्य की सीमा में पहुँच जाता है। चंद्रयश उसे पकड़कर अपनी हस्तिशाला में बंद कर देता है। परिणामस्वरूप दोनों में युद्ध होता है। इस प्रकार पहले अंक में वीर रस प्रधान था।

दूसरे अंक में चंद्रयश की माँ साध्वी मदनरेखा युद्ध को रोकना चाहती है। वह दोनों को समझाती है। अंत में नमिराजा को यह पता चलता है कि मदनरेखा दोनों की माँ है। वह अपने बड़े भाई चंद्रयश से प्रेमपूर्वक मिलता है। इसमें शांत और करुण रस का सम्मिश्रण था।

इसके बाद तीसरा अंक प्रारंभ होता है। नमिराजा का शरीर दाह ज्वर से पीड़ित होता है। राजा व्याकुल होकर शय्या में करवटें बदलता है, किंतु चैन

नहीं पड़ता। वह पुकार रहा है—"मुझे ठंडे पानी में डुबो दो। मेरे लिए हिमालय का शिखर तोड़ लाओ। कितनी जलन हो रही है। वैद्यों को बुलाओ। यदि वे मेरे दाह को शांत न कर सकें तो उनके नाक-कान काटकर नगर से बाहर निकाल दो।"

इतने में राजवैद्य आता है और राजा के सारे शरीर पर चंदन पोतने के लिए कहता है। तुरंत सैकड़ों दासियाँ और रानियाँ चंदन घिसने लगती हैं। भरे हुए कटोरे आने लगते हैं और लेप प्रारंभ हो जाता है।

"किंतु इतनी खनखनाहट क्यों हो रही है? यह कोलाहल तो मेरे कानों को फाड़े डालता है।" राजा ने घबराकर कहा।

रानियों के हाथों में चूड़ियाँ थीं। चंदन घिसते समय उन्हीं का शोर हो रहा था। राजा यदि स्वस्थ होता तो संभवतया उसी आवाज को सुनकर प्रसन्न हो उठता। उस का मन नाचने लगता। किंतु इस समय वही मधुर झंकार कर्ण-ज्वर उत्पन्न कर रही थी। सुनकर सिर फटा जा रहा था। चंदन के लेप से कुछ शांति मिलती थीं, किंतु चूड़ियों की आवाज नई अशांति उत्पन्न कर रही थी। राजा ने व्याकुल होकर कहा, "यह कोलाहल मेरे कानों में भयंकर पीड़ा उत्पन्न कर रहा है। या तो इसे बंद कर दो या मेरे कानों में ऐसी कोई चीज डाल दो, जिससे यह सुनाई न पड़े।"

रानियों ने सौभाग्य के फलस्वरूप एक-एक चूड़ी हाथ में रहने दी और बाकी की चूड़ियों को उतार दिया। आवाज शांत हो गई। राजा को कुछ चैन पड़ा। उसने पास ही खड़े हुए सेवक से पूछा, "क्या चंदन घिसने का काम समाप्त हो गया?"

सेवक ने उत्तर दिया, "नहीं महाराज, चंदन तो अब भी घिसा जा रहा है।"

"तो आवाज कैसे बंद हो गई?"

सेवक ने बताया, "रानियों ने एक-एक चूड़ी हाथ में रखकर बाकी उतार दी हैं। आवाज चूड़ियों की परस्पर रगड़ से होती थी। अब बंद हो गई।"

"ओह! मैं अब समझा।" राजा ने इस तरह कहा जैसे कोई भूली हुई वस्तु मिल गई हो—"जहाँ दो होते हैं वहीं संघर्ष, अशांति तथा द्वंद्व खड़े होते हैं। जहाँ व्यक्ति अकेला हो वहाँ कोई अशांति नहीं होती।"

चंदन के लेप से राजा के शरीर में काफी शांति हो गई थी। जीवन-रहस्य की इस अनुभूति ने उसे नया बल प्रदान कर दिया। वह शय्या से उठ बैठा और अपने आपसे कहने लगा—

'हे मानव! तू शरीर और आत्मा रूपी दो तत्त्वों से रचा गया है। जहाँ दो हैं, वहाँ सदा भय है। वहाँ संघर्ष और अशांति रहते ही हैं। इसी संघर्ष के कारण प्राणी संसार में भटकते हैं। यदि तू चिर शांति प्राप्त करना चाहता है तो अकेला हो जा।'

राजा अशांति के कारण को समझ लेता है और गार्हस्थ्य का त्याग करके मुनिव्रत अंगीकार करने के लिए तैयार होता है। कंठ, बाहु, कटि, अँगुली आदि अंगों पर चमकते हुए अलंकारों को उतारने लगता है। मंत्री, रानियाँ, पार्श्वचर तथा अन्य सेवक आश्चर्य में पड़ जाते हैं। नगर में बात फैलती है और हाहाकार मच जाता है नमिराजा सर्वप्रिय था, इसलिए प्रजा अत्यंत दुःखी हो उठती है।

उसी समय एक ब्राह्मण आता है और राजा से प्रार्थना करता है, "राजन्! आपके संसार त्याग की बात सुनकर सारी मिथिला में हाहाकार मच गया है। आप जरा देखिए तो सही, ऐसा प्रतीत होता है जैसे आपके महल और अंतःपुर जल उठे हों।"

नमि ने उत्तर दिया, "न तो महल मेरे हैं और न अंतःपुर मेरा है। मिथिला के जलने से मुझे क्या? मैं तो अकेला रहने ही में सुख मानता हूँ। अंतःपुर तथा प्रजाजन के दुःख का कारण आसक्ति है, मोह है। इसका अंत होना ही उचित है। जिस व्यक्ति ने स्त्री-पुत्र आदि परिवार छोड़ दिया। उसे न कोई प्रिय है, न कोई अप्रिय है। वह तो भिक्षु हो जाता है। संसार के द्वंद्वों से अलग होकर अकेले विचरण करता है।"

सभी को छोड़कर नमिराजा वन की ओर चल पड़ता है। यहीं नाटक

पूरा हो जाता है।

सारे प्रेक्षागृह में करुणा और वैराग्य छा गया। कुछ देर तो ऐसा वातावरण बना रहा जैसे वह नाटक न होकर सच्ची घटना हो। सभी दर्शक स्तब्ध बैठे रहे।

विशाखदत्त का अभिनंदन करने की इच्छा से राजकुमार ने दृष्टि घुमाई। विशाखदत्त हाथ जोड़कर खड़ा था। कुमार की दृष्टि पड़ते ही उसने कहा, "कुमार, अब मैं जाने की अनुमति चाहता हूँ।"

"ठहरिए। अपने पारितोषिक की लाख मुद्राएँ तो लेते जाइए।" कुमार ने प्रसन्न होते हुए कहा।

"बस, अब मुझे मुद्राएँ नहीं चाहिए। मैं तो अब जाने के लिए तैयार बैठा हूँ।" विशाखदत्त ने विरक्ति के साथ कहा।

"कहाँ जाएँगे, पंडितजी?" राजकुमार ने चकित होकर पूछा।

"जहाँ नमिराजा गया है।"

"यह आप क्या कह रहे हैं?"

"कुमार, मैं अशांति से तंग आ चुका हूँ। शांति खोज रहा था। मेरे सरीखे व्यक्ति के लिए यही सच्चा मार्ग है। और कहीं शांति नहीं है। एकत्व में ही शांति है। इसी का नाम मोक्ष है।"

कुमार सुनकर स्तब्ध रह गया। उसने कहा, "पंडितजी, यह तो नाटक था। आपका ही रचा हुआ! नमिराजा यहाँ कहाँ था। वह तो नाट्याचार्य शार्गंपाणि अभिनय कर रहे थे।"

"कुमार, मैं यह सब जानता हूँ। इस नाटक को लिखते समय मेरे मन में कई बार विरक्ति आई, किंतु वह परिपाक तक नहीं पहुँच सकी। इस अभिनय को देख कर उसका परिपाक हो गया है। मुझे जाने के लिए मार्ग दीजिए।"

प्रेक्षकों ने मार्ग छोड़ दिया। उनकी आँखें आँसुओं से भरी हुई थीं। विशाखदत्त नाट्यगृह से निकलकर सीधे वन की ओर चले गए।

□

अमृत जीता, विष हारा

भगवान् महावीर के युग की बात है। मगध जनपद की राजधानी राजगृह उस युग की सुंदर, समृद्ध और प्रसिद्ध नगरी थी। उस राजगृह में अर्जुन नाम का एक माली रहता था। नगर के बाहर उसका एक सुंदर तथा विशाल पुष्पाराम (बगीचा) था। उसमें चंपा, चमेली, गुलाब, मोगरा आदि तरह-तरह के सुगंधित फूल बारहों महीने खिले रहते थे। फूलों की भीनी-भीनी गंध से आस-पास का वातावरण महकता रहता था। अर्जुन माली इसी पुष्पाराम से अपनी आजीविका चलाता था। पुष्पाराम के निकट ही एक यक्ष का आयतन (मंदिर) था। यक्ष अपने हाथ में सदा लोहे का एक बड़ा भारी मुद्गर धारण किए रहता था। इसलिए जनसाधारण में उसका नाम 'मुद्गरपाणि' प्रसिद्ध हो गया। अर्जुन माली बचपन से ही इस यक्ष को अपने कुल-देवता के रूप में मानता-पूजता आ रहा था। अतः नित्यप्रति सुंदर-सुवासित फूलों से उसकी पूजा-अर्चना करता रहता था।

राजगृह में जहाँ अभय कुमार, सुदर्शन और पूर्णिया श्रावक जैसे सदाचारी पुरुष रहते थे, वहाँ कुछ बदमाश और दुष्ट व्यक्तियों के दल भी स्वच्छंद विचरण करते थे। उन्हीं में छह दुष्ट युवकों की ललितागोष्ठी भी एक थी। एक दिन वह छह दुष्ट व्यक्तियों की टोली घूमती हुई अर्जुन माली के पुष्पाराम में पहुँच गई। वहाँ उन्होंने अर्जुन को अपनी पत्नी बंधुमती के साथ फूल तोड़ते हुए देखा तो बंधुमती की सौंदर्य-छटा पर वे पागल हो उठे। दुराचारी

सुंदर स्त्री को सामने देखकर अंधा हो जाता है। वह स्त्री के सौंदर्य को किसी सुंदर व मधुर फल की तरह निगल जाना चाहता है। वे यक्ष मंदिर में इधर-उधर चुपचाप घात लगाकर छिप गए। ज्यों ही अर्जुन माली यक्ष की पूजा के लिए मंदिर में आया और प्रणाम करने के लिए नीचे झुका कि बस, तुरंत उन्होंने मिलकर अर्जुन को रस्सियों से बाँध दिया और फिर उसी के सामने उसकी पत्नी के साथ दुराचार करने लगे।

अर्जुन का खून खौल उठा। भुजाएँ फड़कने लगीं। पर, वह बंधन में इस प्रकार बँधा था कि मिश्री के ढेले की तरह पड़ा अपनी आँखों से यह कुकृत्य देखता रहा, कुछ कर न सका। वह मन-ही-मन क्रुद्ध सर्प की तरह कसमसाने लगा। यक्ष की श्रद्धा के प्रति उनका अंतर्हृदय विद्रोह कर उठा—"यक्ष, तेरी पूजा करते-करते मेरी पीढ़ियाँ बीत गईं! मैंने अचल श्रद्धा के साथ आज तेरी पूजा की, पर मुझे पता नहीं था कि तू सिर्फ एक पत्थर की मूर्ति के सिवा और कुछ भी नहीं है। यदि तुझ में कुछ भी शक्ति है, चमत्कार है और तू वास्तव में ही यक्ष है तो आज तेरा भक्त अपनी आँखों के सामने अपनी यह दुर्दशा देख रहा है, तुझे इस पर शर्म आनी चाहिए। कुछ दिखा, अपना चमत्कार!" अर्जुन भाववेश में हृदय की कसकती पीड़ा को अंतर्जल्प के रूप में देवता के सामने खोलता चला गया। हृदय की गहराई से निकली हुई भाव-धारा में बल होता है, श्रद्धा में शक्ति होती है। अर्जुन के हृदय में अपमान का दंश था, मन में तीव्र वेदना थी। मुद्‌गरपाणि यक्ष ने सचमुच उसकी पुकार सुनी और वह उसके शरीर में प्रविष्ट हो गया। एक ही झटके के साथ उसके बंधन चूर-चूर होकर बिखर गए। अब अर्जुन माली के हाथ में यक्ष का वह लौह मुद्‌गर भीम की गदा की तरह लहरा उठा और पलक झपकते ही वे छहों दुष्ट युवक एवं सातवीं दुराचारिणी बंधुमती—सातों ही व्यक्ति मुद्‌गर के भयंकर प्रहार से वहीं पर ढेर हो गए। सातों प्राणियों की हत्या करके भी यक्षाविष्ट अर्जुन का क्रोध शांत नहीं हुआ। क्रोधावेश में वह विक्षिप्त की तरह इधर-उधर भटकने लगा। इस तरह जो भी उसके सामने आया, बस एक ही प्रहार में धराशायी हो गया।

इस घटना से उसके मन में इतना भयंकर क्रोध और घृणा जगी कि वह प्रतिदिन छह पुरुष एवं एक स्त्री की हत्या करके ही विश्राम करता। हरा-भरा पुष्पोद्यान अब श्मशान-घाट बन गया। शहर में आतंक छा गया। मौत के मुँह में कौन जाए? लोगों का आना-जाना बंद हो गया। राजा श्रेणिक ने अनेक योद्धाओं को भेजा, पर अर्जुन माली की यक्ष शक्ति के सामने कोई नहीं टिक सका। जो भी उसके निकट आया, वह टुकड़े-टुकड़े हो गया। नगर में भय की भावना छा गई। सम्राट् श्रेणिक के आदेश से सब-के-सब नगर-द्वार बंद कर दिए गए। जनता का नगर से बाहर आवागमन निषिद्ध हो गया। नगर के वन-उपवन सब वीरान जंगल हो गए। वहाँ अब साक्षात् मौत जो घूम रही थी।

भगवान् महावीर राजगृह के बाहर गुणशील उद्यान में पधरे। लोगों ने सुना, दर्शन करने की भावना उमड़ पड़ी। पर, बीच का यह भयानक मृत्यु मार्ग कौन पार कर सकता था? उस पार अवश्य ही अमर देवत्व के दर्शन हो सकते थे। पर, बीच में मृत्यु का राक्षस भी तो बैठा था। उससे कौन दो-दो

हाथ करे? सबने घर बैठे ही भगवान् की भक्ति-भाव से वंदना कर ली। परंतु, एक युवक श्रावक भगवान् के दर्शन करने के लिए उसी दिशा में चल पड़ा। माता-पिता ने उसे बहुत समझाया, मित्र-परिजनों ने उसका मार्ग रोका; पर उसका एक ही उत्तर था, "अभय को भय नहीं खा सकता। मैं अमृत के दर्शन करने जा रहा हूँ। मुझे मृत्यु के विष का कोई भय नहीं है।" सब उसके साहस, निष्ठा और विश्वास पर दंग थे। वह रुका नहीं अकेला ही पैदल बढ़ता गया—गुणशील उद्यान के सुनसान मार्ग पर। यह वीर श्रावक था श्रेष्ठी 'सुदर्शन'!

अर्जुन माली ने आज बहुत दिनों बाद एक मनुष्य को इस रास्ते आता देखा। वह हाथ में मुद्‌गर सँभाले लपक पड़ा सुदर्शन की ओर। सुदर्शन वीर योद्धा की तरह दृढ़ता के साथ वहीं खड़ा हो गया, न डरकर पीछे लौटा और न आगे दौड़ा। उसने शीघ्र ही संथारा के रूप में 'सागारिक-प्रतिमा' धारण की और प्रशांत एवं अविचल ध्यान-मुद्रा में स्थिर हो गया।

सुदर्शन की तेजस्वी एवं निर्भय मुख-मुद्रा को देखकर अर्जुन के पैर ठिठक गए। प्रहार करने के लिए उसका मुद्‌गर ऊपर उठा अवश्य, पर वह वहीं अधर में उठा ही रह गया, नीचे नहीं आ सका। सुदर्शन के आत्मसाहस और सुदृढ़ संकल्पों के सामने अर्जुन के शरीर में रहे यक्ष का तेज समाप्त हो गया। अहिंसा के समक्ष हिंसा परास्त हो गई। क्षमा के सामने क्रोध हार गया। अमृत जीता, विष हार गया। यक्ष देवता घबराया और सहसा अर्जुन के शरीर से निकलकर कूच कर गया।

किसी आकस्मिक संकट के समय जो 'संथारा' आयार रखकर किया जाता है, जैसे कि यदि इस संकट से बच गया तो मुझे आहार आदि लेने की छूट है, अन्यथा यावज्जीव के लिए आहार-पानी का त्याग है।

अर्जुन धड़ाम से भूमि पर गिर पड़ा। उनके शरीर का सत्त्व जैसे निचोड़ लिया गया हो। वह एकदम सुस्त और शिथिल हो गया। उसका क्रोध शांत हो गया। आज बहुत दिनों बाद उसमें विचार की एक लहर उठी—'यह मनुष्य नहीं, देवता है! मौत के सामने जूझने आया और मौत को जीत लिया इसने!

आज तक कोई मनुष्य मेरे सामने टिक नहीं सका। यह टिका भी और शस्त्र के बिना ही अपने आत्मबल से दुर्दंत यक्ष-शक्ति को परास्त भी कर दिया। हो न हो, कोई महान् आत्मा है! सुदर्शन अभी तक ध्यान में लीन था। अर्जुन माली भक्ति से गद्गद होकर उसके चरणों में गिर पड़ा, "देव, मुझे क्षमा कर दो! वास्तव में तुम कोई महान् शक्ति हो। मैंने जीवन भर बहुत हत्याएँ की हैं, तुम्हारे जैसे देवपुरुष पर भी मेरे अंदर का राक्षस उबल पड़ा था; किंतु तुम्हारे अभय और क्षमा के सामने वह पराजित हो गया। मुझे क्षमा करो! बताओ, मैं इस जघन्य पाप से कैसे मुक्त हो सकूँगा! मैंने व्यर्थ ही पाशविक शक्ति के अहंकार के मद में निरपराध जनता के प्राण लूटे हैं।"

सुदर्शन ने आँखें खोलीं, अर्जुन को चरणों में झुका हुआ देखा तो प्रेम से ऊपर उठाते हुए बोला, "अर्जुन उठो! तुम अब भी अपने जीवन को सुधार सकते हो। आसुरी-भाव की छोड़कर दैवी-भाव की ओर बढ़ो। चलो, भगवान् महावीर के चरणों में। मैं भी वहीं जा रहा हूँ। वे करुणा के देवता, हमें कल्याण का मार्ग बताएँगे।" अर्जुन की आँखों में आशा की आभा चमक उठी। वह सुदर्शन के साथ भगवान् महावीर के दर्शन करने चल पड़ा।

लोगों ने देखा—सुदर्शन अर्जुन जैसे नृशंस हत्यारे को साथ लिये, भगवान् महावीर की धर्म-सभा की ओर जा रहा है। पापी धर्मी बन जाता है, तब भी साधारण लोग उसे आशंका से देखते हैं। पहले तो लोगों के मन में अनेक आशंकाएँ उठीं, उन्हें यह यक्ष का छलावा लगा अतः बहुत देर तक कुतूहलवश देखते रहे। पर, देखा कि अर्जुन आज बहुत शांत है, उसकी गर्वोद्धुत ग्रीवा विनय से आज नीचे झुकी हुई है, उसके दोनों हाथ प्रणाम-मुद्रा में जुड़े हुए हैं। बस, फिर क्या था? नगर के सब द्वार खुल गए। राजगृह के सहस्रों नर-नारी अब निर्भय होकर प्रभु का धर्मोपदेश सुनने को एकत्र हो गए। प्रभु का उपदेश हुआ। अहिंसा और प्रेम की वह धरा बही कि अर्जुन माली का हृदय आप्लावित हो उठा। उसने प्रभु के समक्ष आत्म-निंदा की और अहिंसा की सर्वव्रती साधना के लिए प्रव्रजित होने की प्रार्थना की। भगवान् महावीर ने अर्जुन का बदला हुआ हृदय देखा, पहले के दूषित जीवन के प्रति ग्लानि देखी

और देखा कि क्षमा और अहिंसा का सुप्त देवता उसके भीतर जग रहा है।

अर्जुन प्रभु के चरणों में प्रव्रजित हो गया। उसने जीवन भर के लिए षष्ठोपवास (छह दिन का उपवास, बेला) का तपोव्रत ले लिया और आत्म-शुद्धि की साधना के महापथ पर अग्रसर हो गया। वह भिक्षा के लिए राजगृह में जाता तो कुछ लोग उसकी साधना पर अब भी शंकाकुल हो उठते। कुछ अपने बंधु-बांधवों का हत्यारा समझकर उसे पीटते, गालियाँ देते, त्रास देते। पर, मुनि अर्जुन उन कष्टों और प्रताड़नाओं को चुपचाप सहन कर जाते, लोगों के क्रोध एवं आक्रोश को पी जाते। क्रूर हत्यारा अर्जुन अब क्षमा का देवता बन गया था। समभाव की अचल साधना में स्थिर होकर अर्जुन मुनि अपने लक्ष्य की ओर बढ़े, तो बढ़ते ही चले गए। और, एक दिन केवल ज्ञान की अमर-ज्योति उनके अंतर में जल उठी। और, वे सदा-सर्वदा के लिए कर्म-बंधन से मुक्त हो गए!

□

जीवन-दृष्टि

तीर्थंकर महावीर राजगृह के गुणशील उपवन के समवसरण में विराजमान थे। विशाल परिषद् में जहाँ सम्राट् श्रेणिक, महामंत्री अभय कुमार आदि आभिजात्य वर्ग के यशस्वी जन भगवान् महावीर के धर्म-देशना, धर्म-उपदेश सुन रहे थे, वहाँ एक ओर राजगृह का क्रूर 'कालशौकरिक' (कसाई) भी मन में कौतूहल लिये बैठा था। शांति और समता की उपदेश-धारा बह रही थी कि अचानक एक वृद्ध पुरुष जर्जर शरीर, कुष्ठ रोगी, फटे-पुराने चिथड़ों में लिपटा, लकड़ी के सहारे सभा को चीरता हुआ आगे आया। सम्राट् की ओर अभिमुख होकर बोला, "सम्राट्, जीते रहो!"

सबकी आँखें इस विचित्र बुड्ढे पर गड़ गईं। कैसा असभ्य और ढीठ है! खुशामदी कहीं का! भगवान् की वंदना न करके राजा को आशीर्वाद दे रहा है! तभी वृद्ध पुरुष ने भगवान् महावीर की ओर मुँह किया—"तुम मर जाओ।"

अब तो सारी परिषद् के रोंगटे खड़े हो गए। सम्राट् की भौंहें भी तन गईं। किंतु यह तो तीर्थंकर की धर्म-सभा है, राजा और रंक समान हैं यहाँ! राजा को भी किसी की रोक-टोक करने का कोई अधिकार नहीं है यहाँ।

वृद्ध ने बगल से बढ़कर महामंत्री अभय कुमार से कहा, "महामंत्री, तुम चाहे जियो, चाहे मरो।" अब तो सबके सब क्रोध-मिश्रित आश्चर्य से बुड्ढे की ओर देखने लगे कि यह क्या बकवास कर रहा है? कभी कुछ

कहता है और कभी कुछ। मालूम होता है—बूढ़े का दिमाग ठिकाने पर नहीं है। इतने में ही वृद्ध ने काल-शौकरिक को संबोधित किया, "भद्र! तुम न मरो, न जियो!"

सारी सभा स्तब्ध थी! कौन है यह वृद्ध? क्या पहेलियाँ-सी बुझा रहा है! क्या मतलब है आखिर इस जीने और मरने की बात का? सब लोग परस्पर खुसुर-पुसुर कर ही रहे थे कि वृद्ध अचानक ही पलक झपकते गायब! सम्राट् ने प्रभु से निवेदन किया—"भंते! यह विचित्र व्यक्ति कौन था? आपका अविनय और यह बकवास! क्या इसका कोई गूढ़ अर्थ है? या यों ही बुढ़ापे की मानसिक दुर्बलता है यह!" प्रभु ने धीर-गंभीर वाणी में कहा, "राजन्, उसे मनुष्य मत समझो, वह देव था। उसकी इन पहेलियों में बकवास नहीं, जीवन का अमर सत्य छिपा है।"

"प्रभु वह सत्य क्या है? आप समझाएँ तो कुछ पता चले।"

"राजन्, वृद्ध ने तुमसे कहा कि 'सम्राट् जीते रहो।' इसका फलितार्थ

है कि आज तुम्हारे सामने भौतिक ऐश्वर्य का अंबार लगा है। तुम्हें यहाँ भोग और सुख के सभी साधन प्राप्त हैं। जितने दिन यह जीवन है, तुम्हारे फूलों की सेज है। किंतु आगे क्या है? नरक है। जीवन में असीमित भोग दुःख के कारण ही हैं। अतः राजन् तुम्हारे अगले जन्म में घोर दुःख के अंध-गर्त हैं, काँटे और शूल हैं। तुम्हारे लिए अभी जीना ही सुखकारी है, मरण नहीं।''

इस कटु सत्य ने सम्राट् का कलेजा हिला दिया, किंतु धैर्य और उत्सुकता ने सहारा दिया। वह दो क्षण रुका और फिर अगले प्रश्न को दुहराया, ''प्रभु, आप जैसे परम करुणावतार प्रभु को उसने मर जाने के लिए क्यों कहा?''

''राजन्, साधना के द्वारा अंतर के राग-द्वेष रूपी मल को धो लेने के बाद ही अर्हंत बच जाता है। परंतु अर्हंत जीवन-शुद्धि की अंतिम भूमिका नहीं है। मुक्त दशा ही आध्यात्मिक विकास का सर्वोत्कृष्ट शाश्वत रूप है। पूर्वबद्ध कर्मों का भोग अभी चल रहा है। मैं अभी उससे मुक्त नहीं हो सका हूँ, अतः वह मेरे वर्तमान जीवन को देह का बंधन मानता है और मरण को मुक्ति। इसलिए उसने मुझे जाने को कहा। इसका मर्म है—आप सदा के लिए बंधन से मुक्त हो जाओ।''

दो प्रश्नों का समाधान हुआ। जिज्ञासा तीसरे प्रश्न की ओर बढ़ी। प्रभु ने पहेली को खोलते हुए बताया, ''अभय कुमार के जीवन में भोग भी है, त्याग भी है। उसकी जीवन-दृष्टि स्पष्ट है। फूलों से रस लेनेवाले भ्रमर की तरह वह जीवन का रस लेते हुए भी उसमें डूबते नहीं हैं। वह जो भी कर रहा है, कर्तव्य-भाव से कर रहा है। इसलिए उसका यह वर्तमान जीवन भी सुखी है—भय और शक्ति से दूर! तथा अगला जीवन भी दिव्य एवं श्रेष्ठ है। यहाँ भी सुखी, आगे भी सुखी। इसलिए अभय कुमार के लिए देव ने कहा कि चाहे जिओ, चाहे मरो।'' सम्राट् को मन-ही-मन अपने जीवन पर ग्लानि होने लगी और अभय की जीवन-दृष्टि के प्रति धन्यता, शुद्ध स्पर्धा! किंतु अभी अंतिम प्रश्न बाकी था। सम्राट् ने उसे समझने को भी प्रश्न किया। प्रभु ने बताया, ''न मरो और न जियो?' इसका अर्थ तो बहुत ही स्पष्ट है। कालशौकरिक का वर्तमान जीवन तो दुःख, दारिद्र्य और घृणा से भरा है,

साथ ही हिंसा और क्रूरता का महापापी भी है। ऐसी स्थिति में अगले जीवन में भी सुख-शांति और प्रकाश की आशा कैसे की जा सकती है? अस्तु, यह जीता है तो पाप करता है और यदि मरता है तो नरक में जाता है। अस्तु उसका न मरना अच्छा है और न जीना।''

महाराज श्रेणिक श्रद्धावनत हो गए। उन्होंने जो समझा, प्रभु महावीर के समक्ष निवेदन किया, ''प्रभु, इसका तात्पर्य तो यह हुआ कि जो विवेक की दृष्टि खुली रखकर जीता है, उसके दोनों जन्म सुखमय होते हैं।''

प्रभु ने कहा, ''हाँ राजन्, वस्तुतः यही सच्ची जीवन-दृष्टि है।''

□

लड़ाई

एक बार श्रमण भगवान् महावीर को नमस्कार करके मगध नरेश श्रेणिक ने प्रश्न किया, "भगवान्! आज आप के दर्शन करने के लिए आते समय मार्ग में एक महान् तपस्वी के दर्शन हुए। बड़ी उग्र साधना कर रहे थे! सूर्य की ओर भुजाएँ ऊँची फैलाए मेरु की तरह स्थिर, अचल, कायोत्सर्ग मुद्रा, ध्यान में लीन, नासाग्र दृष्टि! मुखचंद्र पर अद्‌भुत समता और अपार शांति झलक रही थी। कितना महान् होगा उनका तपश्चरण! वह उग्र तपस्वी किस उत्तम गति को प्राप्त करेंगे?"

"राजन्, जिस तपस्वी मुनि को तुमने देखा है, वह यदि अभी, इसी क्षण मरण करे तो सातवीं नरक भूमि को प्राप्त कर सकता है।"

"इतनी उग्र तपःसाधना और सातवाँ नरक! जिसका रोम-रोम शांति और साधना में लीन है, वह साधक मरकर सातवीं नरक-भूमि में जाएगा!" श्रेणिक को अपने कानों पर विश्वास नहीं आ रहा था। "प्रभु, मैं यह क्या सुन रहा हूँ। मेरे देखने में और आपके कहने में बड़ी विचित्र विसंगति है। बहुत कुछ सोचने पर भी संगति बैठ नहीं रही है!"

"राजन्, तुम ठीक ही सुन रहे हो! उसमें विसंगति जैसा कुछ नहीं है। यदि वह इस समय काल-धर्म को प्राप्त हो, तो छट्‌ठी नरक भूमि में जा सकता है!"

"यह कैसे? सातवीं से छट्‌ठी नरक भूमि?"

"हाँ राजन्, अभी पाँचवीं नरक भूमि के योग्य उसके कर्म-बंध हो रहे हैं।" श्रेणिक इस अनबूझ पहेली में उलझ गया! विचित्र कुतूहल और अद्‌भुत आश्चर्य! प्रभु से पुनः पूछने लगा, "प्रभु, अब?"

"अब उसके कर्म चौथी नरक-भूमि के योग्य हैं।"

प्रश्नोत्तर की श्रृंखला आगे बढ़ती रही और कुछ ही क्षणों में तीसरी, दूसरी और प्रथम नरक-भूमि तक पहुँचते-पहुँचते, अब गति ऊपर की ओर बढ़ने लगी।

इस आश्चर्यकारक उतार-चढ़ाव पर श्रेणिक का मन विस्मित, विमुग्ध हो उठा था। फलस्वरूप उसकी जिज्ञासा मुखरित होती गई, "प्रभु, अब?" और भगवान् की समाधान-परक दिव्य-दृष्टि पापकर्मों के प्रति होनेवाले उस आंतरिक अभियान के संबंध में क्षण-क्षण की सूचना दे रही थी, उस महान् अभियान की उत्तरोत्तर शक्ति चढ़ाई का हाल सुना रही थी—"श्रेणिक, अब वह साधक देवभूमि तक पहुँच गया है। यदि इसी क्षण उसकी मृत्यु हो जाए तो वह सौधर्म कल्प का समृद्धिशाली देव बन सकता है। उसका अभियान आगे बढ़ रहा है, लो, वह और ऊँचाई पर पहुँच गया। ब्रह्मकल्प से भी आगे और आगे ही आगे…। भूमिकाएँ क्षण-क्षण बदल रही हैं।" एक ओर साधक का अंदर-ही-अंदर पवित्र भावनात्मक आरोहण चालू है और दूसरी ओर उसी के साथ-साथ श्रेणिक का प्रश्न, प्रभु का उत्तर। "प्रभु, अब उस साधक की क्या स्थिति है?" श्रेणिक ने प्रश्न किया।

"अब वह कल्प और ग्रैवेयक देवलोक की भूमिका से भी ऊपर चला गया है।…और अब वह सर्वार्थ सिद्धि की भूमिका पर पहुँच चुका है।"

प्रभु का उत्तर पूरा होते-होते तो आकाश में दुंदुभि बज उठी। देव-देवियों के वृंद-पर-वृंद पुष्प-वर्षा करते हुए पृथ्वी पर उतरे आ रहे थे। श्रेणिक ने यह सब देखा तो चकित और भ्रमित!

"प्रभु! यह क्या हो रहा है? कहाँ नरक, कहाँ स्वर्ग और अब कहाँ केवल ज्ञान। कुछ तालमेल बैठ ही नहीं रहा है इसमें?"

"राजन्, वह मनोभूमि पर लड़े जा रहे विकल्प-युद्ध में विजय पा

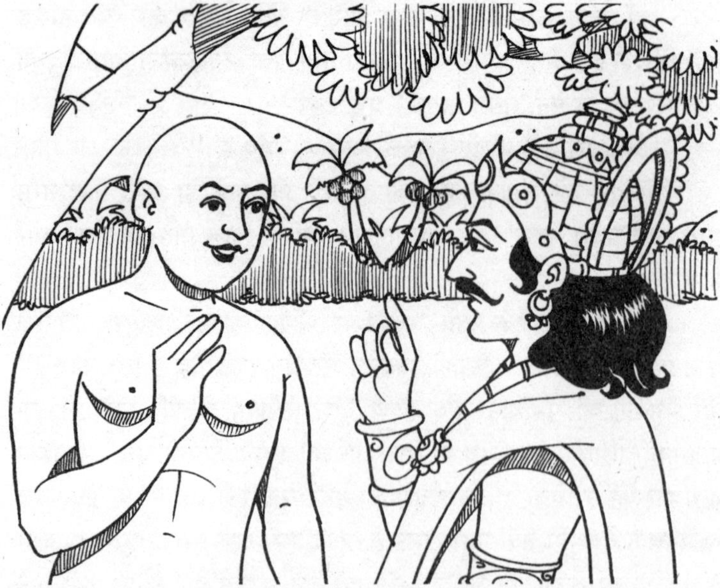

चुका है, अब केवल ज्ञान प्राप्त किया जा रहा है।"

"प्रभु, इस रहस्यमयी भाषा को मैं समझ नहीं पा रहा हूँ कि कुछ क्षण पहले जो साधक सातवीं नरक भूमि में जाने योग्य कर्म कर रहा था, वह कुछ ही क्षणों में ऊपर उठा और ऐसा उठा कि वीतराग-सवेज्ञ हो गया। आपके समान बन गया। यह सब कैसे हुआ? क्या रहस्य है इसका! यह आपका भक्त और समूची परिषद् जिज्ञासु नजरों से सत्य को टोह रही है, कृपया उसे स्पष्ट करके दिखाने का अनुग्रह करें?"

"राजन्, जिस समय तुम उस साधक कीं वंदना करके यहाँ आ रहे थे, बस तभी उसकी मनोभूमि में एक भयंकर युद्ध छिड़ गया।"

"कैसा युद्ध किसके साथ युद्ध?"

प्रभु ने मानव मन की आंतरिक भूमिका का चित्र स्पष्ट करते हुए कहा, "राजन्, वह साधक और कोई नहीं, प्रसन्नचंद्र राजर्षि हैं। जब वह ध्यानावस्था में लीन खड़े थे तो राजर्षि के कानों से परस्पर बात करते हुए दो सैनिकों की

ध्वनि टकराई कि 'देखा, इस प्रसन्नचंद्र राजा ने अपने अल्पवयस्क पुत्र के असमर्थ कंधों पर राज्य-भार डालकर दिशा ग्रहण कर ली। अब पीछे से शत्रु राजा ने बालक राजा को कमजोर एवं दुर्बल समझकर राज्य पर आक्रमण कर दिया है। भयंकर युद्ध छिड़ गया है, शत्रु सेनाएँ आगे बढ़ चुकी हैं। राजधानी सब ओर से घिर चुकी है। बस, कुछ ही समय में प्रसन्नचंद्र राजा का पुत्र युद्धभूमि से उलटे पाँव भाग छूटेगा या वह वहीं समाप्त हो जाएगा। प्रसन्नचंद्र के परंपरागत राज्य और कुल का सर्वनाश अब निकट है।'' बस, इतना सुनना था कि ध्यानावस्था में खड़े प्रसन्नचंद्र राजर्षि का मन विचलित हो गया। वह वीतराग भूमिका से हटकर राग-द्वेष की भूमिका की ओर दौड़ पड़ा। मन-ही-मन घोर युद्ध शुरू हो गया। बाहर में उसकी देह तब भी ध्यानस्थ थी, किंतु अंतर्मन कल्पित शत्रुओं के साथ द्वंद्व-युद्ध में संलग्न था—शत्रुओं के खून में नहा रहा था। युद्ध और वैर के भाव बढ़े और इतने क्रूर रूप में बढ़े कि जब तुमने प्रश्न किया तब वह साधक नहीं, एक भयंकर योद्धा के रूप में विचारों ही-विचारों में शत्रु के लिए महाकाल बन रहा था। क्रूरता और वैर की सर्वोपरि स्थिति में उस समय वह सातवीं नरक भूमि के योग्य कर्म-दलिक का बंध कर रहा था। अतः उस स्थिति में योग्य उसकी मृत्यु हो जाती तो वह मरकर सातवीं नरक-भूमि में ही जाता।''

मनोभावों के इस गंभीर और आश्चर्यजनक विश्लेषण पर समवसरण सभा स्तब्ध थी। प्रभु ने विश्लेषण सूत्र को आगे बढ़ाते हुए कहा—

''राजन्, प्रसन्नचंद राजर्षि बाहर में तो साधु थे, किंतु अंतर में थे एक वीर क्षत्रिय योद्धा। मन में युद्ध होता रहा, होता रहा! सब शस्त्र निःशेष हो गए, फिर भी एक शत्रु सामने खड़ा था। उस पर प्रहार करने के लिए उन्होंने जब कोई अन्य शस्त्र नहीं देखा तो सिर के वज्र-मुकुट से ही उसको मार डालने का विचार किया। और ज्यों ही हाथ सिर पर पहुँचा तो कहाँ मुकुट? वहाँ तो सफाचट था लुंचित मस्तक उसका मनोवेग टकराया, 'अरे! मैं तो मुकुटधारी राजा नहीं, एक नग्न सिरवाला साधु हूँ। कहाँ भटक गया मैं? कौन है मेरा शत्रु? किससे कर रहा हूँ युद्ध?' मन का कुरुक्षेत्र अब फिर धर्मक्षेत्र में

बदलने लगा, भावधारा मुड़ गई। युद्ध चालू रहा, पर शत्रु बदल गए। अब दूसरों से नहीं, अपने से ही युद्ध हुआ और विकारों एवं वासनाओं का संहार होने लगा। ज्यों-ज्यों तुम्हारा प्रश्न आगे बढ़ रहा था, त्यों-त्यों उसके भाव-चरण आध्यात्मिक विजय की ओर बढ़ रहे थे। छठे और पाँचवें नरकों से छलाँग लगाता-लगाता वह कुछ ही क्षणों में स्वर्ग की सीढ़ियों को पार कर गया। विशुद्ध भावधारा के प्रवाह में अंतर का कलुष धुल-धुलकर बहता गया, अंधकार हटता गया प्रकाश जगमगाता गया, और वह भटक हुआ साधक ज्यों ही साधना की सिद्धि के द्वार पर पहुँचा तो केवली हो गया!"

मनोभावों के इस विचित्र नाटक पर सम्राट् श्रेणिक गंभीर होकर सोचते रहे—'यह मन कितना विचित्र है! ये संकल्प कितने बलवान होते हैं! अब असत्य की ओर मुड़े, अधोमुखी बने तो सातवें नरक तक पहुँच गए। और जब फिर सँभलकर सत्य की ओर बढ़े, ऊर्ध्वमुखी बने तो बस साधक से सिद्ध हो गए। मुक्ति का द्वार खुल गया।'

महाराज ने गद्गद हृदय से श्रद्धावनत होकर प्रभुचरणों में वंदना की!

□

बिना विचारे जो करे

श्रमण भगवान् महावीर की धर्म-देशना का श्रवण कर सम्राट् श्रेणिक और महारानी चेलना राजमहल को लौट रहे थे। नदी के तट पर कड़ाके की सर्दी में एक तपस्वी मुनि को ध्यान-मुद्रा में खड़े देखा तो महाराज और महारानी ने श्रद्धा भाव से नमस्कार किया। सर्द हवा के झोंके कलेजा चीर रहे थे, हाथ-पाँव ठिठुरे जा रहे थे। बहुमूल्य ऊनी वस्त्रों में लिपटी हुई रानी की देह मालती लता की तरह थर-थर काँप रही थी। और, इस भयंकर सरदी में भी वह नग्न देह तपस्वी मुनि शैल-शिखर की तरह ध्यान में अचल खड़ा था। तपस्वी को धन-धन करते हुए रानी चेलना का रथ महलों की ओर बढ़ गया। रानी के स्मृति-पट पर शीत से जूझते हुए तपस्वी का वह भव्य साधना चित्र बार-बार उभर आता और वह भावविह्वल होकर प्रणाम-मुद्रा में सहसा धन्य-धन्य कह उठती।

पौष महीने की भयानक शीत रात्रि में रानी चेलना उप-उपरी अनेक कंबलों से शरीर को सब तरह से ढके हुए शयन-कक्ष में सो रही थी। नींद में उसका एक हाथ कंबल से बाहर खुला रह गया। कुछ देर बाद रानी की नींद खुली तो देखा कि ठंड के कारण हाथ अकड़ गया है। रानी सीत्कार कर उठी—'अहो, कितनी भयंकर सर्दी है!' और फिर नदी के किनारे खड़े उस तपोवन मुनि की कल्पना स्मृति-पट पर सहसा उतर आई। रानी के मुँह से भावावेश में निकल पड़ा, 'अहो, इस समय उनका क्या हाल होगा?'

सम्राट् श्रेणिक अर्धनिद्रित-से करवट बदल रहे थे। चेलना के ये शब्द—'उनका क्या हाल होगा!' सम्राट् के हृदय में अटक गए। 'जरूर यह किसी अन्य पुरुष से प्रेम कर रही है। नींद में भी उसी के बारे में इसका चिंतन चल रहा है। जो बात जागते हुए मुँह से नहीं निकलती, वह कभी-कभी नींद की बेहोशी में सहजतया निकल जाती है!' रानी के दुश्चरित्र होने के बारे में सम्राट् का मन एकाएक संदिग्ध हो उठा। सोचा—'जब मेरी प्राणप्रिया राजमहिषी का भी यह हाल है तो अन्य रानियों के चरित्र के संबंध में मैं क्या विश्वास करूँ? स्त्री का चरित्र बड़ा विलक्षण होता है। उसके सतीत्व के बारे में कभी विश्वास नहीं करना चाहिए।' बस, दुष्कल्पनाओं में सम्राट् का मन संशयाकुल हो गया, नींद हराम हो गई।

सम्राट् प्रातः होते ही राजमहल से नीचे आए। मन में भारी उथल-पुथल मची थी, चेहरा क्रोध से तमतमा रहा था। विवेक पर वहम का काला परदा ऐसा गिरा कि कुछ भी सोच नहीं सके। महामंत्री अभय कुमार को

बुलाकर सम्राट् ने कहा, "अभय, रानियों-सहित समुचित अंतःपुर को अभी-का-अभी जला डालो। मेरे आदेश का तुरंत पालन होना चाहिए।" आदेश देकर सम्राट् घमघमाते हुए आगे बढ़ गए। अभय कुमार बुद्धिमान था। वह सम्राट् के क्रोध को समझता था। क्रोध में मनुष्य विवेक खो बैठता है। अविवेक से किया गया कार्य आखिर में दुःखदायी होता है। उसने राजमहल के पास में खड़े गजशाला के घास-फूस के झोंपड़े खाली करवाए और उनकी होली जला डाली। सम्राट् के आदेश का पालन भी हुआ और भयंकर दुर्घटना भी होते-होते बच गई।

आदेश देकर सम्राट् नगर से बाहर चले गए थे। इधर-उधर वन-प्रदेश में घूमते रहे। परंतु, उनके मन में वह वहम बार-बार तीखे काँटे की तरह खटक रहा था। उन्हें शांति नहीं मिल रही थी। आखिर समाधान के लिए वह श्रमण भगवान् महावीर की धर्म सभा में पहुँचे। चरण-वंदना की और सांकेतिक शब्दों में पूछा, "प्रभो, वैशाली गणराज्य क़े स्वामी चेटक की पुत्री के एक पति है या अनेक पति?'

प्रभु महावीर ने कहा, "राजन्, चेटक की एक पुत्री क्या, सातों ही पुत्रियों का एक-पति हैं। सती-साध्वी हैं। तुम्हारे अंतःपुर की समस्त रानियाँ पवित्र तथा पातिव्रत्य धर्म का पालन करनेवाली हैं।"

सम्राट् प्रभु की वाणी सुनते ही दिङ्मूढ़ से देखते रह गए। प्रभु महावीर ने सम्राट् के मन का संदेह मिटाते हुए कहा, "राजन्, कल तुमने चेलना के साथ नदी के तीर पर तपस्या करते हुए किसी मुनि के दर्शन किए थे।"

"हाँ, प्रभु किए थे।" श्रेणिक ने कहा।

"रात्रि में जब रानी का एक हाथ कंबल से बाहर रह गया और वह सर्दी के कारण ठिठुरकर अकड़ गया तो उसकी पीड़ा को अनुभव करती हुई रानी ने अपनी स्थिति से उस मुनि की स्थिति की तुलना की और तब एकाएक उसके मुँह से निकल पड़ा—'इस सर्दी में उनका क्या हाल होगा? राजन्, उसकी यह उक्ति किसी अन्य पुरुष के लिए नहीं थी।" भगवान् ने घटना का मर्म खोला।

सम्राट् के क्रोध पर सहसा घड़ों पानी गिर पड़ा। मेरे आदेश से कहीं भयंकर अनर्थ न हो गया हो, इसी आकुलता से वे बिना और कुछ पूछे, सहसा राजमहलों की ओर दौड़ पड़े। उन्होंने ज्यों ही राजमहलों के स्थल से आग की गगनचुंबिनी ज्वालाओं को देखा तो उनका चेहरा फक हो गया। यह क्या? अरे! सर्वनाश हो गया। स्त्री-हत्या, वह भी निरपराध! पाप! महापाप! अभय कुमार मार्ग में ही सम्राट् को मिल गया। सम्राट् ने कहा, "अभय! तू भी आज मूर्ख हो गया? अनर्थ कर डाला तूने? कितना भयंकर पाप? अबलाओं को जीवित अग्निदाह। मूर्ख, चला जा मेरी आँखों के सामने से।" अभय कुमार को चले जाने का आदेश क्या मिला, अभीष्ट ही मिल गया। वह तो इसी आदेश की प्रतीक्षा में था। क्योंकि वह दीक्षा लेना चाहता था और सम्राट् रोकते थे। अब वह चल पड़ा वहाँ, जहाँ इस प्रकार के मूर्खतापूर्ण आदेश न मिलते हों। प्रभु महावीर के चरणों में पहुँचकर अभय कुमार मुनि बन गया।

राजमहलों के पास पहुँचकर सम्राट् को जब सही स्थिति मालूम हुई तो अभय की बुद्धिमानी पर वह बाग-बाग हो गए। और साथ ही लज्जित हो उठे अपनी मूर्खता पर। निष्कारण इतना भयंकर वहम! इतना उतावलापन! और इतना अविवेक!! उनके अविवेक से यदि सचमुच ही दुर्घटना हो जाती तो कितना अनर्थ हो जाता? इसकी कल्पना से ही सम्राट् का हृदय दहल उठा। उन्हें अपनी भूल पर पश्चात्ताप होने लगा। 'उतावला सो बावला' की लोकोक्ति रह-रहकर उनकी स्मृति में टकराने लगी।

□

अधूरी जोड़ी

भादों की काली-कजरारी रात! कज्जल-गिरि जैसे भयंकर मेघ आकाश में छाए हुए हैं। काली घटाओं में कभी-कभी गर्जना के स्वर फूटते हैं तो लगता है, वैभारगिरि की कंदराओं में कोई शेर दहाड़ उठा हो। बिजलियाँ कौंध रही हैं, बरसात की मदमाती हवाएँ तरु-लताओं से छेड़छाड़ करती घूम रही हैं। महाराज श्रेणिक महारानी चेलना के साथ वर्षा-रात्रि की नीरव छटा देखने के लिए गवाक्ष में बैठे हैं। इतने में ही काल रात्रि के गहन अंधकार को चीरती हुई बिजली चमकी तो रानी चेलना ने देखा कि एक अति वृद्ध पुरुष सामने उफनती नदी के प्रवाह में बहती हुई लकड़ियाँ बीन रहा है।

रानी ने अँगुली के इशारे से राजा को बताया, "महाराज, देखिए, इस भयंकर वर्षा की रात में कोई बूढ़ा नदी की धारा में से लकड़ियाँ बीन रहा है।" बिजली रह-रहकर कौंध ही रही थी! उसके प्रकाश में राजा ने भी देखा कि सचमुच ही एक जर्जर-शरीर वृद्ध वर्षा की मध्य रात्रि में भी जीवन-संघर्ष में जूझ रहा है, साक्षात् मृत्यु से खेल रहा है। जरा भी पैर उखड़ जाए और नदी की उपामधारा में बह जाए तो लाश तक का भी पता न लगे। राजा विचारों में पड़ गया। इतना दीन-दरिद्र! दिन भर के कठोर श्रम से भी दो रोटी का प्रबंध न हो सका होगा तो इस प्रकार, तभी तो इस प्रकार तमसाच्छन्न घोर, रात्रि में भी वह बिफरी हुई नदी बलि दे रहा है।

करुणार्द्र हृदय रानी ने विचारमग्न राजा से कहा, "महाराज, धनकुबेरों

की महानगरी राजगृह में क्या एक वृद्ध पुरुष की रोटी का प्रबंध भी नहीं हो सकता? बेचारा मौत की चौखट पर खड़ा है, फिर भी उसे पेट के लिए ऐसी भयानक रातों में नदी पर लकड़ियाँ बीननी पड़ती हैं। मगध के महान् राज्य में वृद्धों और दरिद्रों की यह अवस्था! बरसाती अँधेरी रातों में तो कुत्ते और सियार भी अपनी धूरी में से नहीं निकलते और यहाँ आदमियों को अपनी रोजी-रोटी के लिए इस प्रकार मौत से खेलना पड़ता है।''

वृद्ध की दयनीय दशा देखकर सम्राट् का हृदय पहले ही पसीज रहा था। और उस पर महारानी की यह बात? सम्राट् ने तुरंत पहरेदारों को पुकारा और कहा, ''सामने नदी पर जाओ और देखो कि नदी की धारा में से लकड़ियाँ बीननेवाला यह दरिद्र कौन है और कहाँ रहता है? प्रातः इसे राजसभा में उपस्थित करना!''

राजा श्रेणिक को रात भर नींद नहीं आई। बार-बार उनकी आँखों में वही दृश्य घूमने लगा—'बादल गरज रहे हैं, बिजलियाँ कौंध रही हैं, मूसलधार वर्षा हो रही है, पुरवा हवा बह रही है और थर-थर काँपता हुआ एक गरीब बूढ़ा नदी के प्रवाह में बहकर आती लकड़ियों को बीनकर एक बड़ा-सा गट्टर बाँध रहा है कितना दरिद्र! और कितना असहाय होगा बेचारा वह!'

प्रातः राजसभा में पहरेदारों ने एक व्यक्ति को उपस्थित किया, ''महाराज, रात में जो नदी के प्रवाह में लकड़ियाँ बीन रहा था, यही है वह!''

राजा ने ऊपर से नीचे तक गहरी दृष्टि डाली। शरीर पर सुंदर रेशमी वस्त्र हवा के हलके झोंकों से हिल रहे हैं। कानों में मणि-जड़ित कुंडल दमक रहे हैं और हाथों की अँगुलियों में चकती रत्न-जड़ित मुद्रिकाएँ अपनी अलग ही आभा बिखेर रही है! राजा को लगा, पहरेदारों ने भूल से किसी सभ्य श्रेष्ठी को पकड़ लिया है। राजा की आँखों में संदेह तैर गया, उसने कठोर शब्दों में पहरेदारों को डाँटा।

पहरेदारों ने निवेदन किया, ''महाराज, यही है वह वृद्ध पुरुष! बुलाकर लाने में भूल नहीं है।''

राजा ने श्रेष्ठी को अपने निकट बुलाया और धीरे से पूछा, ''क्या रात

की हकीकत सच है? तुम्हीं नदी पर लकड़ियाँ··।"

"हाँ, महाराज," उसका स्वर थोड़ा-सा कंपित था, कुछ दबा हुआ-सा भी।

"तुम तो श्रीमंत और सुखी लगते हो, फिर अँधेरी रात में इस प्रकार यह जानलेवा परिश्रम किसलिए कर रहे थे?"

"महाराज, देखने में मैं अवश्य सुखी और श्रीमंत लगता हूँ। आपने सुना भी होगा, लोग मुझे मम्मण सेठ के नाम से पुकारते हैं। किंतु अपने मन की पीड़ा मैं ही जानता हूँ। मैं एक बहुत बड़े अभाव से ग्रस्त हूँ। उस अभाव की पूर्ति के लिए मैंने सर्वस्व दाँव पर लगा दिया है। ये कुछ सुंदर अलंकार और वस्त्र तो इधर-उधर आने-जाने के लिए केवल प्रतिष्ठा की दृष्टि से रख छोड़े हैं, और कुछ नहीं। महाराज क्या बताऊँ? सबकुछ स्वाहा करके भी मेरी वह कमी पूरी नहीं हो रही है। और जब तक वह पूरी नहीं होगी तब तक मुझे यह सबकुछ करना ही होगा।"

"वह क्या?" सम्राट् ने आश्चर्यपूर्वक पूछा।

"मुझे एक बैल की जोड़ी पूरी करनी है। एक सुंदर बैल मेरे पास है, उसी की जोड़ी का दूसरा बैल मुझे चाहिए, इसीलिए यह कठोर परिश्रम कर रहा हूँ।"

सम्राट् के होंठों पर मधुर हास्य बिखर गया—"एक बैल के लिए इतना कष्ट! जाओ मेरी वृषभशाला में से जो बैल पसंद आए, ले जाओ और अपनी जोड़ी पूरी करके आराम से रहो।"

मम्मण सेठ राजपुरुषों के साथ मगधपति की वृषभशाला में इस पार से उस पार तक घूमता चला गया। अनेक सुंदर हृष्ट-पुष्ट वृषभ गरज रहे थे, जैसे हाथी के बच्चे हों। किंतु मम्मण को एक भी वृषभ पसंद नहीं आया। वह खाली हाथ सम्राट् के सम्मुख आ खड़ा हुआ।

सम्राट् ने पूछा, "क्यों? क्या बात है? कोई बैल पसंद आया? बहुत बैल हैं, एक-से-एक सुंदर और बलवान। जो पसंद आया हो, ले जाओ।"

मम्मण ने सिर हिलाया—"महाराज, मेरे बैल की जोड़ी का एक भी

बैल आपकी 'वृषभ-शाला' में नहीं है।''

श्रेणिक ने आश्चर्य से पूछा, ''ऐसा कैसा बैल है, जिसकी जोड़ी का बैल मगध के हजारों बैल में भी नहीं मिल सका? लाओ अपने बैल को, जरा देखें तो ऐसा कैसा बैल है?''

मम्मण ने कहा, ''महाराज, मेरा बैल यहाँ नहीं आ सकता। आप देखना चाहें तो मेरे घर को पवित्र कीजिए।''

श्रेणिक की उत्सुकता और बढ़ गई। ऐसा कैसा विचित्र बैल होगा, जो मगध की वृषभ-शाला में भी उसकी सानी का बैल नहीं? नहीं, बनिए का झूठा अहंकार है। अभी चलकर देखेंगे। महामंत्री अभय कुमार के परामर्श से बैल देखने के लिए अगला ही दिन निश्चित हो गया। व्यक्ति के मन में जगी

हुई उत्कंठा अधिक प्रतीक्षा नहीं कर सकती।

महाराज ने रानी चेलना से गत रात्रि की घटना का जिक्र करते हुए बैल की चर्चा की तो रानी भी देखने के लिए उतावली हो गई। महाराज, महामंत्री अभय और महारानी चेलना को साथ लिये मम्मण के द्वार पर पहुँचे। पूर्व पुरखों से चला आ रहा भव्य महल था, बहुत बड़ी अट्टालिका थी। मम्मण ने महाराज से भीतर पधारने के लिए कहा तो सम्राट् ने कहा, "भाई, सीधे अपनी गौशाला में चलो। हमें तो वह बैल देखना है।"

मम्मण ने कहा, "महाराज, मेरा बैल गोशाला में नहीं, घर में ही है। अभी आपको दिखाऊँगा।"

मम्मण सेठ राजा, रानी और महामंत्री को अपने भवन में ले गया। रानी सोच रही थी—'ऐसे भव्य महल में भी कभी बैल रहते हैं? कैसा बेवकूफ है यह बनिया!' भवन का एक के बाद एक आँगन पार होता रहा और अंत में वे एक विशाल कक्ष में भूमिगृह के द्वार पर पहुँच गए। राजा ने कहा, "सेठ, हम तुम्हारा घर देखने नहीं आए, बैल देखने आए हैं।"

"हाँ, महाराज! मैं भी बैल ही तो दिखा रहा हूँ।" तभी सेठ ने सबके साथ भूमिगृह में प्रवेश किया और आगे बढ़कर ज्यों ही परदा हटाया तो चारों ओर रंग-बिरंगा प्रकाश फैल गया। सामने ही रत्नों और मणियों से जड़ा हुआ एक सोने का बैल खड़ा था, उसकी ज्योति चारों ओर छिटक रही थी। आँखों में बड़े-बड़े वैदूर्य मणि जड़े हुए थे। सींग और पूँछ पर नीलम-पन्ने! रानी और मंत्री देखते ही सब-के-सब ठगे से रह गए। आज तक ऐसा बैला देखना तो दूर, कल्पना में भी नहीं आया था। बैल क्या है, मानो साक्षात् धनपति कुबेर ही वृषभ बन कर खड़ा है।

सम्राट् की स्तब्धता को भंग करते हुए मम्मण ने कहा—"महाराज, अब मेरे दूसरे कक्ष में चलिए।" राजा-रानी और मंत्री मम्मण के पीछे-पीछे भूमिगृह के दूसरे कक्ष में आए। एक परदा हटा और चारों ओर चंद्रमा की चाँदनी-सी छिटक गई। ठीक उसी की जोड़ी का यह दूसरा बैल था। वैसे ही बहुमूल्य नीलम, पन्ने, वैदूर्य और मुक्ता इस सोने के बैल में भी जड़े हुए थे।

सम्राट् को संबोधित करके मम्मण ने कहा, ''महाराज, यह बैल भी करीब-करीब बन चुका है। आप देख रहे हैं—सिर्फ इसके एक सींग का थोड़ा-सा किनारा (नोंक) ही बाकी रहा है। कुछ बहुमूल्य मणि इसमें और लगेंगी। मेरी संपत्ति समाप्त हो चली है। धनाभाव ने मुझे घेर लिया है। जो कुछ था, सब लगा चुका। अब सींग को पूरा करूँ तो कैसे करूँ? इस कमी को पूरा करने की मेरी तीव्र अभिलाषा है। इसीलिए दिन में दुकान पर बैठता हूँ, रात में लकड़ियाँ लाकर बेचता हूँ। नदी के प्रवाह में सुदूर पर्वतों से बहकर आती लकड़ियों में कभी-कभी बहुमूल्य चंदन भी आ जाता है, इसलिए नदी पर लकड़ियाँ बीनता हूँ, उन्हें बेचकर धन जमा करता हूँ। थोड़ा और धन जमा हो गया तो इस बैल का सींग पूरा हो जाएगा। मेरी अधूरी जोड़ी पूरी हो जाएगी और महाराज, तभी मेरी अंतिम साँस सुख से निकल सकेगी।''

राजा, रानी और महामंत्री अभय सभी चकित और भ्रमित होकर मम्मण की बात को सुन रहे थे। उन्हें एक ओर सोने के रत्न जड़ित बैलों पर आश्चर्य हो रहा था तो दूसरी ओर उसकी बैल जैसी बुद्धि पर तरस भी आ रहा था। सम्राट् ने तभी महारानी चेलना की ओर सस्मित देखा, ''क्यों देवी, क्या तुम इसकी गरीबी मिटा सकती हो? यह अधूरी जोड़ी पूरी कर सकोगी?''

रानी की कमल जैसी सदा खिली रहनेवाली आँखें सहसा मनुष्य की अथाह ममता पर करुणा से गीली हो गईं। ''महाराज, मनुष्य की ममता में ऐसी एक क्या, अनंत जोड़ियाँ पूरी होने पर भी आखिरी जोड़ी तो सदा-सर्वदा अधूरी ही रहेगी।''

□

स्नेह के धागे

आर्द्रक कुमार आर्द्रक द्वीप का राजकुमार था। मगध-नरेश श्रेणिक के साथ उसके पिता की गहरी मैत्री थी। समय पर व्यापार के लिए आनेवाले सार्थवाहों के साथ मगधेश की ओर से अनेक सुंदर और बहुमूल्य उपहार आया करते थे। आर्द्रक के पिता भी अपने द्वीप की नई-नई चीजें भारतवर्ष के अपने मित्र मगध नरेश को भेजा करते थे।

एक बार मगध के कुछ व्यापारियों के साथ महाराज श्रेणिक ने अपने मित्र को कुछ बहुमूल्य उपहार भेजे। उन्हें देखकर राजकुमार बहुत प्रसन्न हुआ। वह मगध-पति के पुत्र महामात्य अभय कुमार के साथ मैत्री करने के लिए उत्सुक हो गया। आर्द्रक कुमार ने अपने विश्वस्त दूत के साथ अभय की सेवा में कुछ सुंदर उपहार एवं अपने हाथ का लिखा एक पत्र भेजा।

आर्द्रक कुमार का भाव-भीना पत्र पढ़कर अभय का हृदय गद्‌गद हो गया। अपने उस अनदेखे मित्र के प्रति उसके हृदय में अपार स्नेह उमड़ आया। मगध-साम्राज्य के महामंत्री पद का गुरुतर दायित्व, राजनीति की जटिल ग्रंथियाँ, संधि-विग्रह के चक्र-पर-चक्र! इस कारण अभय कुमार मिलने की इच्छा रखते हुए भी आर्द्रक से मिलने के लिए सुदूर आर्द्रक द्वीप नहीं जा सका। किंतु प्रिय परदेशी मित्र के लिए उसने कुछ विशेष उपहार भेजने की एक योजना तैयार की।

अभय ने सोचा—'सोना और मणि-माणिक्य की तो वहाँ भी कमी नहीं

है, अत: कुछ ऐसी नई चीज भेजनी चाहिए जिसे पाकर उसका स्नेह ही नहीं, आत्मा भी जाग्रत् हो जाए। सच्ची मित्रता तो वहीं है जो मित्र के जीवन को प्रबुद्ध करने में सहायक हो। खाना-पीना, लेना-देना, यह तो सिर्फ मित्रता का बाहरी रूप है। अभय कुमार की मित्रता औपचारिक नहीं, हार्दिक होनी चाहिए।' यह सोचकर अभय कुमार ने एक स्वर्ण-मंजूषा में वीतराग-भाव जाग्रत् करनेवाला धर्म साध संबंधी वीतराग-मुद्रा का एक विशिष्ट प्रतीक रखकर अपने दूत के हाथों आर्द्रक कुमार को भेजा। साथ ही एक पत्र भी दिया और उसमें लिखा कि—'मंजूषा को एकांत में खोलें।'

दूत आर्द्रक द्वीप में पहुँचा। आर्द्रक कुमार को आदर के साथ उसने महात्मात्य अभय का पत्र और मंजूषा भेंट की। सरल स्नेही आर्द्रक कुमार मित्र का पत्र और मंजूषा पाकर बहुत प्रसन्न हुआ। उसने पत्र को अपनी आँखों से लगा लिया, मानो स्वयं मित्र ही मिल गया हो। मित्र के विशेष दूत का उसने बहुत सत्कार किया। एकांत में जाकर उसने पेटी खोली तो उसमें चमकते मोतियों और हीरों की जगह वीतराग मुद्रा के रूप में एक बिलकुल नई अद्भुत चीज देखी। वह विचार करने लगा—'यह क्या है? किसलिए भेजी गई है? कभी कहीं ऐसी चीज मैंने देखी… ?' मन में विचार गहरा और गहरा उतरता गया। सोचते-सोचते उसका सरल हृदय जाग्रत् हो उठा। उसे पूर्व-जन्म की स्मृति हो आई। उसे याद आया कि पिछले जन्म में मैंने ऐसी ही कुछ धर्म-साधना की थी। अमुक-अमुक प्रकार के व्रत-नियम ले रखे थे।'

अब तो आर्द्रक कुमार को क्षण भर के लिए भी चैन नहीं पड़ा। अभय कुमार से मिलने के हृदय उत्कंठित हो गया। पर, इतनी दूर जाए भी तो कैसे? पिता से अनुमति माँगी तो अपने एकमात्र लाड़ले पुत्र को यों सुदूर पराए देश में भेजना उन्हें बिलकुल ही ठीक नहीं लगा। आर्द्रक का मन उचटा-उचटा रहने लगा। उसके चेहरे की प्रसन्नता गायब हो गई। रह-रहकर उसका मन भारतवर्ष में जाकर पुन: उसी प्रकार की (पिछले जन्म की तरह) धर्म-साधना करने का हो रहा था। पिता ने आर्द्रक को उदास रहते देखा तो सोचा, कहीं भाग न जाए। इसलिए पाँच सौ विश्वस्त सुभटों की एक यूनिट उसके साथ

कर दी। आर्द्रक कुमार जहाँ-कहीं भी जाता, सुभट उसके साथ-साथ रहते। उसकी प्रत्येक गतिविधि पर प्रच्छन्न रूप से कड़ी नजर रखी जाने लगी।

एक बार वन-विहार के बहाने से आर्द्रक कुमार जंगल में बहुत दूर निकल गया। इधर-उधर की भाग-दौड़ एवं आमोद-प्रमोद के बाद सब सैनिक विश्राम करने लगे तो गहरी नींद में सो गए। अवसर पाकर आर्द्रक कुमार चुपके से हवा को भी मात देनेवाले एक तेज तर्रार घोड़े पर चढ़ा और कुछ ही क्षणों में एक अज्ञात पथ से बहुत दूर निकल गया। काफी दूर समुद्र तट पर जाकर उसने घोड़े को छोड़ा और एक समुद्री जहाज में बैठकर भारतवर्ष पहुँच गया।

भारत में आकर उसने पूर्वजन्म की स्मृति के आधर पर मुनिव्रत ले लिये। मुनिवेष में वह अभय कुमार से मुलाकात करने को राजगृह की ओर चल पड़ा। रास्ते में वसंतपुर नाम का एक नगर आया। आर्द्रक मुनि वहाँ नगर के बाहर एक देव मंदिर में ठहर गए और एक कोने में ध्यान करने को खड़े हो गए।

संध्या का समय था। कुछ-कुछ झुटपुट अँधेरा हो चला था। और, इस बीच मंदिर के अहाते में कुछ कन्याएँ खेल रही थीं। उनमें सहज ही पति-वरण के खेल की कल्पना जाग्रत् हो गई। और इस खेल-ही-खेल में कन्याओं ने आँख मींचकर दौड़ना शुरू किया और मंदिर के एक-एक खंभे को पकड़कर लिपट गईं। वे परस्पर मजाक करने लगीं। एक ने कहा, 'यह मेरा पति है।' दूसरी ने कहा, 'देख, यह मेरा पति है।' इस प्रकार प्रत्येक कन्या अपने-अपने पति की घोषणा करने लगी। इन लड़कियों में श्रीमती नाम की एक अति सुंदर श्रेष्ठी कन्या भी थी। उसने खंभे के भरोसे एक ओर ध्यान में खड़े आर्द्रक मुनि को ही पकड़ लिया। बस, फिर क्या था, साथ की सहेलियाँ ले उड़ीं इस बात को—"ओह! हो! तेरा पति तो बड़ा सुंदर है।"

श्रीमती ने आँख खोलीं, देखा तो बस कुछ क्षण देखती ही रह गई। मुनि के गुलाबी चेहरे पर एक अद्भुत सौंदर्य चमक रहा था। अद्भुत ओज, विलक्षण सौम्यता और ताजा खिले फूलों-सी सुकुमारता-श्रीमती मुग्ध भाव से मुनि का

रूप आँखों-ही-आँखों में पीने लगी।

"ओह, हो! क्या देख रही है? तुझे तो बहुत सुंदर पति मिला है। अरी, तेरी तो तकदीर खुल गई।" सहेलियों ने चुटकी ली।

श्रीमती की आँखें सहज लज्जावश नीचे झुक गईं। उसने मन-ही-मन मुनि को पतिरूप में स्वीकार कर लिया। मुनि के चरणें में सहज ही उसका सिर झुक गया। हृदय में स्नेह उमड़ आया। आँखों में प्यार छलछला उठा।

मुनि ने देखा—यह क्या? हँसी-हँसी में यह तो नई विपत्ति आ रही है। ज्यों ही लड़कियाँ खेलकर अपने-अपने घर गईं, मुनि वहाँ से चुपचाप विहार कर आगे चल दिए।

श्रीमती सयानी तो थी ही, माता-पिता विवाह की बातें करने लगे तो कुछ दिन तो वह चुप रही। परंतु, जब देखा कि अब बात आगे बढ़ेगी, तो उसने एक दिन विनम्रता से माता के समक्ष अपना विचार प्रकट कर दिया। माता-पिता और परिजन सभी चौंक उठे। 'मुनि के साथ विवाह··· ? यह क्या

बहक? पागल हो गई है क्या? और फिर उसका अता-पता भी तो कुछ नहीं। कौन है, कहाँ का है, कहाँ गया है?' श्रीमती को बहुत कुछ समझाया गया। एक-से-एक बढ़कर देवकुमार से सुंदर लड़कों के चित्र दिखाए गए, पर वह अपने निर्णय से नहीं हिली, सो नहीं हिली! 'पति करूँगी तो उसी को, नहीं तो आजीवन कुमारी रहूँगी।' श्रीमती के दृढ़ निश्चय के सामने सबका समझना-बूझना व्यर्थ गया।

समय बीतता गया। महीने और वर्ष गुजरते गए। श्रीमती के पिता ने इधर-उधर दूर तक मुनि की बहुत खोजबीन की, परंतु कोई अता-पता नहीं लगा। धीरे-धीरे श्रीमती की सभी सहेलियों के विवाह होते गए। पर श्रीमती अपने हठ पर कुमारी ही रही। वह उसी अनजाने प्रीतम की राह में आँखें बिछाए बैठी रही। सुबह से शाम तक गवाक्ष में बैठी राह से गुजरनेवालों को निहारती रहती, पर वह नहीं मिला। श्रीमती के पिता ने एक विशाल दानशाला खोल दी। दान-का-दान और खोए हुए की पहचान! दानशाला में प्रतिदिन सैकड़ों भिक्षु आते-जाते रहते और उन्हीं में श्रीमती की पैनी आँखें अपने देवता को टोहती रहतीं। श्रीमती दानशालाध्यक्ष के रूप में कार्य करती रही और समय बीतता गया।

एक दिन आर्द्रक मुनि वसंतपुर के उसी मार्ग पर चले आए। श्रीमती ने देखा तो तुरंत पहचान लिया। वह दौड़कर मुनि के चरणों से लिपट गई।

"मेरे देवता! यों ठुकराओ मत। मुझे स्वीकार करके नव जीवन दो।" श्रीमती के मधुर कंठ से चिररुद्ध राग की वाणी फूट पड़ी, आँखों से स्नेह के आँसुओं की धारा बह निकली। मुनि के पैर आँसुओं की धारा को पारकर आगे नहीं बढ़ सके। इतने में श्रीमती के माता-पिता दौड़े आए, बहुत विनती करने लगे, "महाराज, यदि आप इसे स्वीकार नहीं करेंगे तो आपके नाम पर यह प्राण त्याग देगी। आपके बिना इसका जीवन सूना पतझड़ है। आपको मालूम होना चाहिए, यह उसी खेल के दिन से आज तक आपकी याद में तिल-तिलकर जल रही है।"

श्रीमती के स्नेह पर आर्द्रक मुनि का हृदय पिघल गया। स्नेह यदि

मनुष्य को कर्तव्य का मार्ग दिखानेवाला दीपक है तो झटका देनेवाला गहन अंधकार भी है।

आर्द्रक कुमार ने श्रीमती को स्वीकार कर लिया। वह उसके प्यार में उलझ गए। चले थे किधर और पहुँच गए किधर। प्राचीन कथाकार कहते हैं कि इसमें पूर्व जन्म के स्नेह संबंध की कुछ कड़ियाँ जुड़ी थीं, जो अभी तक टूट नहीं पाई थीं।

कुछ ही दिनों बाद श्रीमती की गोद हरी-भरी हो गई। बालक की मधुर, उन्मुक्त किलकारियों से घर का आँगन गूँजता रहता। बालक पाँच वर्ष का हुआ होगा कि आर्द्रक कुमार का मन एक दिन चिंतन में डूब गया। साधना के उस उन्मुक्त एवं पवित्र जीवन को छोड़कर स्नेह और ममता के इस बंधन में फँस जाने पर उन्हें पश्चात्ताप होने लगा। और, फिर ध्यान आया कि जिस लक्ष्य के लिए माता-पिता के अथाह प्यार और दुलार को ठुकराकर घर से निकला था, उससे मैं कितनी दूर भटक गया। एक संसार छोड़ा तो यह दूसरा नया संसार बसा लिया। महा-समुद्र तैरकर आया तो क्षुद्र तलैया में डूब गया। आर्द्रक कुमार का मन पुनः संसार से विरक्त हो उठा। उन्होंने पत्नी से संयम लेने की बात कही। श्रीमती ने सुना तो उसकी आँखें भर आईं। प्रेम और स्नेह की हजार-हजार सौगात भी आर्द्रक कुमार के निश्चय को बदल नहीं सकी। वह अपने निश्चय पर दृढ़-से दृढ़तर होते गए।

एक दिन श्रीमती चरखा लेकर सूत कातने बैठी। बेटे ने माँ को सूत कातते देखकर पूछा, "माँ, यह क्या कर रही हो?"

"बेटा, सूत कात रही हूँ। तुम्हारे पिता अब हमको अनाथ छोड़कर साधु बन रहे हैं! तो अब हमको निर्दोष आजीविका के द्वारा पेट भरने के लिए कुछ-न-कुछ उद्यम तो करना ही होगा। एक विपन्न नारी के लिए चरखे से बढ़कर और क्या सहारा हो सकता है?" कहते-कहते श्रीमती की आँखें बरस पड़ीं।"

"माँ, पिताजी हमें क्यों छोड़ रहे? क्या हमसे नाराज हो गए हैं?"

"नहीं बेटा, नाराज तो नहीं हुए। पर कहते हैं कि अब हम साधु बनेंगे।

भगवान् महावीर के चरणों में जाएँगे और साधना करेंगे।''

''नहीं माँ, नहीं! मैं पिताजी को ऐसे नहीं जाने दूँगा। फिर हम क्या करेंगे? मैं अभी पिताजी को बाँध लेता हूँ, देखूँ फिर कैसे जाएँगे?''

अबोध बालक ने तकुए से सूत उतारा और शय्या पर लेटे हुए पिता के पैरों को आँटे देकर बाँध दिया। खुशी में तालियाँ बजाता हुआ दौड़ता आया माँ के पास, और बोला—''माँ, मैंने पिताजी को बाँध दिया है, अब वे नहीं जा सकेंगे।'' माँ ने नटखट बच्चे को पकड़कर गोद में लेते हुए प्यार से चूम लिया।

आर्द्रक कुमार अर्धनिद्रित-से माँ-बेटे का यह संवाद सुन रहे थे। अबोध बालक की कच्चे धगों से जकड़ने की चेष्टा देखी, तो उनका हृदय गद्गद हो गया। बालक की निश्छल सहज ममता ने आर्द्रक के हृदय को द्रवित कर दिया। उन्हें लगा, सूत के ये स्नेह-सिंचित कच्चे तार वज्र-शृंखला से भी अधिक मजबूत है। पुराने कथाकार कहते हैं—सूत के कच्चे तार वज्र के हो गए थे, तोड़ने के लिए बहुत बल लगाने पर भी टूट नहीं सके। आज के संदर्भ भी यह वज्रता धागों की नहीं, स्नेह की थी। जो चरण उन्मुक्त विहार के लिए उठ रहे थे, वे अब पुत्र की ममता में बड़ी मजबूती से बँध गए।

सूत के बारह आँटे लगे थे। आर्द्रक कुमार ने निश्चय किया कि अब बारह वर्ष तक और घर में रहकर पुत्र की शिक्षा-दीक्षा का प्रबंध करूँगा। समय बीतता गया। शिक्षा होती रही। ज्यों ही बारह वर्ष बीते, आर्द्रक श्रमण भगवान् महावीर के चरणों में पहुँचे और पुनर्दीक्षित होकर आत्म-साधना का अमर आलोक प्राप्त किया।

□

नाथ कौन ?

'जो स्वयं अनाथ है, वह दूसरों का नाथ कैसे बन सकता है?' तरुण योगी के छोटे-से उत्तर ने मगध-सम्राट् श्रेणिक के अहं-ग्रस्त हृदय को सहसा झकझोर दिया।

राजगृह के बाहर 'मंडित कुंक्षि' नाम का एक चैत्य (उद्यान) था। उद्यान में तरह-तरह के वृक्ष, लता और गुल्म हवा के हल्के-हल्के झोंकों से जैसे मस्ती में झूम रहे थे। सब ओर रंग-बिरंगे, सुंदर और सुगंधित पुष्प खिले हुए थे। शीतल-मंद समीर अपने हर हल्के झोंके के साथ मुक्त भाव से सौरभ बिखेरता चल रहा था। विहार यात्रा करते हुए मगधाधिपति श्रेणिक एक दिन अकल्पित ही इधर आ निकले। सम्राट् ने देखा, उद्यान के एक कोने में वृक्ष में नीचे एक तरुण योगी कब से ध्यान लगाए खड़ा है। उसकी स्निग्ध निर्मल दृष्टि अपलक नासिका के अग्रभाग पर जमी हुई है। शरीर सीधे दंडायमान प्रस्तर-प्रतिमा की तरह चमक रहा है। उसके विशाल ललाट पर अद्‌भुत तेज है। जैसे कोई दिव्य ज्योति अंदर-ही-अंदर जल रही है! चारों ओर उसकी प्रभा विकीर्ण हो रही है। उसके पद्मगौर मुखमंडल पर सुकुमार सौंदर्य दमक रहा है। सम्राट् योगी की ओर अपलक देखता रहा। उसे लगा, जैसे स्वर्गलोक का कोई देवकुमार अभी-अभी संन्यास लेकर धरती पर उतरा है।

समाधि का समय पूरा हुआ। मुनि ने ध्यान खोला। देखा, सामने मगधपति विचारों में कुछ खोए-खोए से करबद्ध खड़े हैं।

मुनि की तेजोद्दीप्त मुखमुद्रा के समक्ष सम्राट् का राज-गौरव से गर्वोन्नत मस्तक भी सहज श्रद्धा से झुक गया। सम्राट् नम्रतापूर्वक बोले, "मुने! भोग की अवस्था में योग? आनंद और विलास के समय में विरक्ति? तुम्हारा सहज सुकुमार सौंदर्य कठोर मुनिचर्या के योग्य नहीं है। तुम अभी भिक्षु कैसे बन गए?"

मुनि ने गंभीरतापूर्वक उत्तर दिया, "राजन्, मैं अनाथ था। कोई सहारा नहीं था। इसलिए भिक्षु बन गया।"

श्रेणिक ने मन-ही-मन सोचा—'ठीक तो है। अनाथ और असहाय लोगों के लिए भिक्षु होने के सिवा और चारा ही क्या है?'

सम्राट् के अंतर्मन में सहज करुणा जगी—'राष्ट्र का होनहार युवक भिक्षु बनता है, अभाव की ठोकरें खाकर। यह कैसे हो सकता है? मैं सम्राट् हूँ, मेरा कर्तव्य है—मैं राष्ट्र की उठती तरुणाई को अभाव-मुक्त करूँ।' सम्राट् ने आश्वासन की भाषा में कहा, "हाँ तो युवक! तुम अनाथ हो? कोई सहारा नहीं? चलो, मैं तुम्हारा नाथ होता हूँ। मेरे साथ आओ, छोड़ो यह सब प्रपंच और मानव-जीवन का मुक्त आनंद उठाओ।"

"जो स्वयं अनाथ हो, वह दूसरों का नाथ कैसे हो सकता है?" मुनि ने धीर-गंभीर वाणी में छोटा सा उत्तर दिया।

मगधपति श्रेणिक मुनि का उत्तर सुनकर सन्न रह गए। सोचा, इस श्रमण को अभी यह पता नहीं कि मैं कौन हूँ? मगध का सम्राट् और अनाथ? यदि मुझे जानता होता तो ऐसा कैसे कहता? विक्षिप्त भी तो नहीं, जो यों ही मन में आया, बोल गया गया हो!

सम्राट् ने अपना परिचय देते हुए कहा—"मुनिवर! आपको नहीं मालूम मैं मगध सम्राट् श्रेणिक हूँ। बड़े-बड़े दुर्दांत शत्रु मेरे नाम से काँपते हैं। पवन से होड़ लेनेवाले अश्व और कज्जलगिरि के समान गजराज हजारों की संख्या में मेरे पास हैं। वैभव के अक्षय भंडार भरे हुए हैं। सामने खड़े महलों की गगनचुंबी अट्टालिकाएँ मेरे ऐश्वर्य की कहानी कह रही हैं। बड़े-बड़े वीर योद्धा, मेरे समक्ष नतमस्तक हैं। हजारों दास-दासी प्रतिक्षण मेरे सामने हाथ

जोड़े खड़े रहते हैं। आपको मालूम नहीं, इसलिए मुझे अपने मुँह से अपना परिचय देना पड़ा है। आप चलिए, राजमहलों में आनंद से रहिए। सैकड़ों सेवक-सेविकाएँ आपकी सेवा में प्रस्तुत रहेंगे। एक-से-एक अप्सरा जैसी सुंदर युवतियाँ आपकी प्रसन्न दृष्टि की प्रतीक्षा में खड़ी रहेंगी।''

''मैं जानता हूँ, मगध सम्राट्! आपको और आपके वैभव तथा ऐश्वर्य को। पर, जिस वैभव और ऐश्वर्य पर आपको इतना गर्व है, क्या आप भरोसा कर सकते हैं कि वह विपत्ति में आपका सहारा हो सकेगा? संकट और व्याधियों से वह आपको बचा सकेगा?''

मुनि के तीखे प्रश्न पर श्रेणिक गंभीर हो गया। भौतिक वैभव की आस्था डगमगाने लगी। मुनि ने आगे कहना चालू रखा—''सम्राट्! यह वैभव तो मेरे पास भी कुछ कम नहीं था। किंतु, वह मेरी रक्षा नहीं कर सका। मुझे त्राण नहीं दे सका। जानते हो, मैं कौशांबी के नगर-श्रेष्ठी का पुत्र था। सैकड़ों सेवक-सेविकाएँ करबद्ध मेरी सेवा में जुटे रहते थे। धन-वैभव का अंबार

लगा था। माता-पिता का मुझ पर अपार प्रेम था। छोटे-बड़े भाई बहनों का जो सहज स्नेह मुझे मिला, वह किसी भाग्यशाली को ही मिलता है। और, वह पतिव्रता पत्नी अनिद्य सुंदरी, साथ ही शील-सौजन्य की प्रतिमूर्ति। किंतु बहुना, भोग-विलास के सब साधन उपलब्ध थे, पर…''

''पर…क्या? जब यश सब कुछ तुम्हें उपलब्ध था, तब तुम अनाथ कैसे? और, भिक्षु बने?'' मगध सम्राट् का प्रश्न था। कृत्रिम नहीं, बिलकुल सहज। भौतिक वैभव संपन्न सम्राट् समझ नहीं पा रहे थे कि इतने बड़े ऐश्वर्य के सिंहासन पर भी यह तरुण अनाथ कैसे हो गया और भिक्षु क्यों बन गया? मुनि और सम्राट् के वैचारिक धरातल में बहुत बड़ा अंतर था। दोनों दो किनारों पर! एक की बोलने की भाषा आध्यात्मिक थी, तो दूसरे की भाषा थी निरी भौतिक।

''एक दिन मेरी आँखें दुखने लगीं। अनेक वैद्य आए। मंत्र-तंत्र और औषध करके हार गए। जड़ी-बूटी कोई काम नहीं कर सकी। मैं भयंकर वेदना से छटपटाता रहा। मेरे पिता पानी की तरह धन बहा रहे थे।'' वे बार-बार कहते-कोई मेरे पुत्र की वेदना शांत कर दे, तो मैं उसे सारी संपत्ति दान कर दूँ। पर ज्यों-ज्यों उपचार हुआ, मेरी वेदना शांत होने के बदले बढ़ती ही गई। मुझे वेदना में तड़पता देखकर मेरी माँ आँसुओं में भीगी मेरे सिर पर हाथ रखे बैठी रहती थी। जिससे भी और जो भी सुना, सब देवी-देवताओं की मनौतियाँ उसने मान लीं। सिद्ध-मंत्रवादियों के द्वार-द्वार वह भटक आई। पर, आखिर में असहाय होकर मेरी वेदना को देखकर रोती रहती। वह विवश थी, सबकुछ करने पर भी कुछ न कर सकी।

''मेरी पत्नी सेवा में प्रतिक्षण तत्पर रहती। मेरे लिए वह प्राण देने को तैयार थी। पर, वह भी मेरी पीड़ा के सामने आँसू बहाने के सिवा कुछ नहीं कर सकी।

''बहन और भाई बेचारे दीन-भाव से देखते रहते। उनका स्नेह मेरे लिए सबकुछ करने को प्रस्तुत था, किंतु मेरी वेदना की शांति के लिए वे भी कुछ न कर सके। नौकर-चाकर भी हमारे परिवार के अभिन्न अंग थे, वे भी

हर समय सेवा में हाथ जोड़े खड़े रहते और अपने-अपने आराध्य देवी-देवताओं से मेरे स्वास्थ्य के लिए प्रार्थना करते रहते थे। पर कोई भी मेरी पीड़ा को नहीं बाँट सका। कुछ क्षणों के लिए भी नहीं बाँट सका!"

मुनि की करुणा और दर्द से भरी कहानी को सुनते-सुनते सम्राट् श्रेणिक स्वयं अपने को भी असहाय-सा देखने लगा।

मुनि ने आगे कहा—"राजन्! पीड़ा से व्याकुल एक दिन मेरे मन में संकल्प जगा—'यह जीवन कितना असहाय है? मानव अपने सुख के लिए ऊँचे-ऊँचे महल खड़े करता है, संसार के साथ नाते-रिश्ते जोड़ता है। माता-पिता और भाई-बहन की ममता में डूबा रहता है। पत्नी और बच्चों के स्नेह में अपने को भूल जाता है। सोचता है-मेरे दुःख-सुख के साथ हैं।' पर राजन्! जब दुःख आता है, पीड़ा आती है, तो उसको कोई नहीं बचा सकता। सब देखते रह जाते हैं, कोई उसका दर्द बाँट नहीं सकता। कष्ट और वेदना से कोई उसे उबार नहीं सकता। बस, यह? मेरी अनाथता और असहायता थी।

"मैं उस दिन इन्हीं विचारों में रहा, और सोचता रहा कि कोई किसी का नाथ नहीं है, रक्षक नहीं है। मनुष्य स्वयं ही स्वयं का नाथ है, आत्मा ही आत्मा का रक्षक है। आत्मा ही नरक है। आत्मा ही स्वर्ग है। आत्मा ही नरक का कूट-शाल्मती वृक्ष है, तो आत्मा ही नंदन वन है। आत्मा ही अपना मित्र है, जब वह धर्मानुकूल आचरण करता है, और आत्मा ही अपना शत्रु है, जब वह धर्मविरुद्ध पापाचरण करता है। अपने को छोड़कर अन्यत्र सुख कहाँ है? और सुख··· ? वास्तव में वह सुख क्या है? इन बाह्य वस्तुओं में सुख होता, तो मेरे माता-पिता मुझे यों वेदना में तड़पने नहीं देते। बाहर में सुख नहीं है। सुख तो अंदर में है। आत्मा में है। उसी सुख को प्राप्त करना चाहिए, जो सच्चा सुख है। जो भ्रम नहीं यथार्थ है। यह विचार करते-करते मुझे कुछ शांति मिली। लगा, जैसे पीड़ा कम हो रही है, आँखों में आज बहुत दिनों के बाद हल्की झपकियाँ आ रही हैं। कुछ ही देर में मेरी आँख लग गई। मैं शांति से सो गया। घर के लोग बहुत प्रसन्न हुए कि कुमार को आज कुछ आराम मिला है। प्रातः उठा तो मेरी वेदना बिलकुल शांत हो चुकी थी, तन के साथ मेरा मन

भी अब शांत था। रात में उठे हुए संकल्प मुझे अमर आत्मशांति की ओर प्रेरित कर रहे थे। माता-पिता के हृदय की ममता अब मुझे रोक नहीं सकी, पत्नी का स्नेह मुझे बाँध नहीं सका। मैं उसी दिन भौतिक ऐश्वर्य के प्रकाश से जगर-मगर करता समृद्ध घर छोड़कर निकल पड़ा। मैंने मुनिव्रत ले लिया। साधना में लीन हो गया। अब मुझे अपूर्व शांति मिल चुकी है। मेरी दीनता मिट चुकी है। मैं अब अपना नाथ आप बन गया हूँ। अपना सहारा खुद हूँ।''

सम्राट् श्रेणिक ने जीवन की इस अनाथता को जीवन में पहली बार समझा! भौतिक वैभव का दर्प गल गया, मगध का नाथ अब अपने आपको अनाथ देखने लगा। जिस भौतिक बल पर विश्वास किए वह अपने को संसार का नाथ मान रहा था, उस भौतिक बल और साधनों की निस्सारता एवं असहायता का अनुभव सम्राट् के मन को उद्वेलित कर उठा। मुनि की वाणी में आत्मनुभूति की तीव्र धड़कन थी, जो उनकी आत्मनाथता को व्यथित कर रही थी। सम्राट् को आज सच्ची नाथता के दर्शन हुए, वे श्रद्धा से मुनि के चरणों में झुक गए।

□

त्याग का मूल्य

श्रमण भगवान् महावीर के पंचम गणधर आर्य सुधर्मा के चरणों में जहाँ एक ओर बड़े-बड़े राजा, राजकुमार तथा श्रेष्ठी, श्रेष्ठीकुमार आकर मुनि दीक्षा लेते, वहीं दूसरी ओर दीन दरिद्र, यहाँ तक कि पथ के भिखारी भी दीक्षित होते, साधना करते। इसी शृंखला में एक बार राजगृह का एक दीन लकड़हारा भी विरक्त होकर मुनि बन गया था। साधना के क्षेत्र में तो आत्मा की ही परख होती है, देह, वंश और कुल की नहीं।

एक बार महामात्य अभय कुमार सामंतों के साथ वन-विहार के लिए जा रहे थे कि मार्ग में वही लकड़हारा मुनि भिक्षा के लिए नगर में प्रवेश करते हुए सामने मिल गए। अभय कुमार ने घोड़े से नीचे उतरकर मुनि के चरणों में भक्तिभाव से विनम्र वंदना की। घूमकर उसने पीछे देखा तो सामंत लोग कनखियों में हँस रहे थे। सामंत ही नहीं आस-पास खड़े अन्य नागरिक भी मजाक के मूड में थे।

महामंत्री अभय ने सामंतों के हँसने का कारण जान लिया। फिर भी उसने पूछा, तो एक सामंत ने व्यंग्यपूर्वक कहा, "मगध का महामंत्री किस राजर्षि के चरणों में सिर झुका रहा है? जो कल दर-दर की ठोकरें खानेवाला एक दीन लकड़हारा था, वही आज बहुत बड़ा त्यागी बन गया! धन्य हो, इतना गजब का त्याग उसने किया है कि मगध के महामंत्री भी अश्व से नीचे उतरकर प्रणाम करते हैं। यह कितनी प्रसन्नता की बात है!"

सामंत के शब्दों में तीखा व्यंग्य था, त्याग का उपहास था। अभय कुमार को उक्त संस्कारहीन परिहास पर रोष तो आया, परंतु उसके प्रबुद्ध विवेक ने मधुर मुसकान की मुद्रा में उस रोष को भीतर-ही-भीतर पी लिया। अज्ञान और अहंकार का प्रतिकार ज्ञान और नम्रता से ही हो सकता है। अभय कुमार इस बात को जानता था कि सामंत ने मगध के महामंत्री का उपहास नहीं किया, किंतु ज्ञातपुत्र महावीर की क्रांतिकारी त्याग-परंपरा का उपहास किया है। भोग का कीड़ा त्याग की ऊँचाई की कल्पना करे भी तो कैसे करे? एक गंभीर और अर्थपूर्ण मुसकराहट के साथ अभय कुमार आगे बढ़ गए। सब लोग वन-विहार का आनंद लेकर अपने-अपने महलों में लौट आए!

दूसरे दिन महामंत्री ने राजसभा में एक-एक कोटि स्वर्ण-मुद्राओं के तीन ढेर लगवाए और खड़े होकर सामंतों से कहा, ''जो व्यक्ति जीवन भर के लिए कच्चे जल का उपयोग, अग्नि का उपयोग और स्त्री-सहवास का त्याग करे, उसे मैं ये तीन कोटि स्वर्ण मुद्राएँ उपहार में दूँगा।''

सभा में सन्नाटा छा गया, समागत सभी सामंत एक-दूसरे के मुँह को ताकने लगे।

''कितना कठिन है?'' एक सामंत ने कहा।

''इन तीनों के त्याग का मतलब है—एक तरह से जीवन का ही त्याग...फिर तो साधु ही न बन गए...और तब इन स्वर्ण-मुद्राओं का करेंगे क्या?'' एक दूसरे सामंत ने पास में बैठे सामंत से कहा।

सभा से कोई उत्तर नहीं मिला। महामंत्री फिर खड़े हुए और धीर-गंभीर स्वर में बोले, ''लगता है, हमारे वीर सामंत एक साथ तीन बड़ी शर्तों को देखकर अचकचा गए हैं। अच्छा तो उनके लिए विशेष सुविधा की घोषणा किए देता हूँ, तीनों में से एक ही प्रतिज्ञा करनेवाले को भी स्वर्ण-मुद्राएँ दी जा सकती हैं।''

फिर भी सभा में सन्नाटा छाया रहा। कोई भी वीर सामंत महामंत्री की इस नरम की गई शर्त को भी स्वीकार करने का साहस नहीं कर सका। महामंत्री ने सभा पर गंभीर दृष्टि डाली—''क्या कोई व्यक्ति यह साधारण सा त्याग करने का साहस भी नहीं कर सकता?''

तभी एक समवेत ध्वनि गूँज उठी—''नहीं-नहीं, महामात्य! यह साधारण कहाँ, यह तो असाधारण साहस है? एक ही वस्तु के संपूर्ण त्याग का अर्थ है-जीवन की समस्त सुख-सुविधाओं का, आमोद-प्रमोदों का त्याग! कितना असाधारण!'' सामंतों के सिर नकार में हिल रहे थे।

''तो फिर सामंतों! जिन व्यक्ति ने इन तीनों का त्याग किया हो, वह कितना महान् और कितना वीर योद्धा होगा आध्यात्मिक साधना-क्षेत्र का!''

''अति महान्! अति वीर! अवश्य ही वह अत्यंत कठिन एवं असाधारण साहस का कार्य करनेवाला है, उसका त्याग महान् है।'' एक साथ कई ध्वनियाँ गूँज उठीं।

''वीर सामंतो! तुमने कल जिस मुनि को नमस्कार किया था, वह इन तीनों का ही नहीं बल्कि ऐसे अनेक असाधारण उग्र व्रत तथा प्रतिज्ञाओं का पालन करनेवाला वीर है, त्यागी है। उसके पास भोग के साधन भले ही अल्प

रहे हों, पर भोग की अनंत इच्छाओं को उसने जीत लिया है। त्याग का मानदंड राजकुमार या लकड़हारा नहीं हुआ करता, व्यक्ति के मन की सच्ची विरक्ति हुआ करती है।" महामंत्री के विश्लेषण पर सामंत मौन थे, साथ ही प्रसन्न भी। कई झुके हुए चेहरों पर पश्चात्ताप की निर्मल रेखाएँ भी प्रस्फुटित होती देखीं महामात्य ने। दूसरे ही क्षण, जैसे एक दिव्य नवीन प्रकाश मिल गया हो, सब-के-सब चेहरे पुलक उठे और 'धन्य-धन्य' के हर्ष-मिश्रित गंभीर घोष से राजसभा का कोना-कोना गूँज गया।

□

तेरहवाँ चक्रवर्ती

अंग और मगध का एकच्छत्र सम्राट् अजातशत्रु कूणिक श्रवण भगवान् महावीर का उच्च कोटि का भक्त नरेश था। उसने अपने राज्य में इस प्रकार का एक स्वतंत्र विभाग कायम किया था, जो प्रतिदिन भगवान् महावीर के जनपद विहार- कालीन कुशल समाचारों से राजा को सूचित करता रहे। इस विभाग में उच्च वेतन पानेवाले अनेक कुशल कर्मचारियों की नियुक्ति की गई थी। राजा कूणिक जब तक भगवान् महावीर का सुख-समाचार नहीं सुन लेता था, तब तक अन्न-जल ग्रहण नहीं करता था! इस प्रकार भगवान् महावीर के प्रति उसकी अत्यंत गहरी श्रद्धा-निष्ठा थी।

एक बार कूणिक के मन में अपनी प्रभु भक्ति और श्रद्धा का गर्व जगा। उसने भगवान् से प्रश्न किया, ''भंते! मैं मरकर किस गति में जाऊँगा?''

''राजन्, तुम अपनी आयु पूर्ण करने के पश्चात् छठे नरक में जाओगे'' भगवान् ने अपनी गुरु-गंभीर वाणी में सत्य को स्पष्ट किया। कूणिक के मन-मस्तिष्क में जैसे बिजली कौंध गई। ''प्रभु, मैं आपका भक्त होकर भी नरक में जाऊँगा?'' भगवान् ने कूणिक को उद्‌बोधित कर हुए कहा, ''राजन्, भक्ति और श्रद्धा की बात करते हो? परंतु इससे पहले जरा अपना जीवन तो देखो! स्वर्ग और नरक में कोई किसी को भेज नहीं सकता, कोई किसी को रोक नहीं सकता। अपने अच्छे-बुरे आचरण ही आत्मा को स्वर्ग और नरक की यात्रा पर ले जाते हैं। तटस्थ होकर अंतर्दृष्टि से अपने कृत्य-कर्मों को

देखो, समाधान मिल जाएगा।''

भगवान् की वाणी पर सम्राट् कूणिक क्षण भर स्तब्ध रह गया। वह मन-ही-मन सोचता रहा—''इतने निस्पृह हो प्रभु तुम! अपनी भक्ति करनेवालों को भी नरक से नहीं उबारते?'' और फिर उसकी दृष्टि जरा अंतर में घूम गई—''प्रभु ठीक ही तो कह रहे हैं, कितना निकृष्ट रहा है मेरा जीवन! राज्यलिप्सा के लिए मैंने अपने भाइयों को गाँठ कर पिता को कैद में डाला, भयंकर यातनाएँ दीं। छोटे भाइयों की संपत्ति पर भी ललचाता रहा। उनसे हार एवं हाथी छीनने के लिए भयानक युद्ध किया। वैशाली के रणक्षेत्र में भयंकर जन-प्रलय मचानेवाला कौन है? मैं ही तो हूँ। मनुष्यों के रक्त से आप्लावित वह लाल मिट्टी युग-युग तक मेरी क्रूरता की कहानी कहती रहेगी। अपनी महत्त्वाकांक्षाओं की पूर्ति के लिए भाइयों को युद्ध की अग्नि में होम कर डाला, नाना चेटक के करुण विनाश का निमित्त भी मैं ही हूँ। लाखों माताओं की गोद सूनीं हो गई। सहस्राधिक तरुणियों के सुहाग लुट गए। छल-कपट करके वैशाली जैसे महानगर को ध्वस्त कर डाला। कितना क्रूर और अन्यायपूर्ण रहा है मेरा जीवन! पितृ-कुल का विनाश करनेवाली यह दहकती ज्वाला मैं ही तो हूँ। क्या भावी इतिहासकार मुझे कुलांगार के रूप में चित्रित नहीं करेगा!' क्षण भर कूणिक की आँखें बंद रहीं और विगत जीवन के हृदय-द्रावक दृश्य एक के बाद एक उसकी आँखों के सामने घूमते गए। उसे अपने आप पर ग्लानि हो उठी, पश्चात्ताप से उसकी आँखें गीली हो आईं। परंतु, दूसरे ही क्षण उसने दृष्टि पीछे की ओर घुमाई। बड़े-बड़े सेनापति, वीर योद्धा और विशाल सेना उसके संकेत पर मर मिटने को तैयार खड़ी थी। कूणिक का क्षत्रिय-दर्प जाग उठा—'मैंने यह सबकुछ किया तो इसमें ऐसा क्या बुरा किया? यह तो मेरा क्षत्रिय-धर्म है। मुझे तो आगे बढ़ना है, विश्व-विजेता सम्राट् बनना है।' सम्राट् कूणिक की आँखों में पश्चात्ताप के आँसुओं की जगह विश्व-विजेता बनने के स्वप्न चमक उठे। उसने प्रभु से पूछा, ''भंते, छठे नरक में और कौन जाता है?'' भगवान् ने उत्तर दिया, ''चक्रवर्ती की भोगसक्त पटरानी छठे नरक में जाती है।''

यह सुना तो कूणिक ने एक और प्रश्न उपस्थित किया, "स्वयं चक्रवर्ती मरकर कहाँ जाता है?"

प्रभु ने कहा, "चक्रवर्ती, चक्रवर्ती अवस्था में ही मरे तो वह सातवें नरक में जाता है।" कूणिक का रजोगुण से प्रेरित क्षत्रिय स्वभाव नरक की प्रतिस्पर्धा में भी दौड़ गया—"मैं एक नारी के स्थान पर जाऊँगा? नहीं, यह नहीं हो सकता। मैं भी चक्रवर्ती के समान सातवें नरक में क्यों नहीं जा सकता?"

सर्वज्ञ महावीर कूणिक के हृदय में उछलते अदम्य दर्प की वर्णमाला को पढ़ रहे थे। उन्होंने समाधान दिया—"कूणिक, तुम चक्रवर्ती नहीं बन सकते। नियमानुसार इस अवसर्पिणी युग के बारह चक्रवर्ती हो चुके हैं। अब और कोई नाम चक्रवर्ती कैसे हो सकता है!"

कूणिक का अहंकार सीमा तोड़ रहा था, "मैं चक्रवर्ती क्यों नहीं बन सकता। मेरी भुजाओं में बल है। मेरे पास अनेक सहस्वर्ण एवं रत्नों के कोष